每頁都是一場驚心動魄的旅程，一個無法忘懷的噩夢

亞佛烈德·希區考克 著

宋罘

驚弓之鳥
ALFRED HITCHCOCK

驚悚大師**希區考克**短篇小說集

急中生智的警察之女、多出來的結帳櫃檯、
以為有豔遇卻不知碰到的竟是怪物、一山還有一山高的計謀……
驚悚大師希區考克的黑色幽默，
就像海龜湯一般，不到最後一刻，永遠不會知道事情的真相！

目錄

驚弓之鳥

一天晚上，我正在店裡閒坐，大約八點多的時候，店裡來了兩個警察，看上去他們是非常幹練的一對搭檔。其中年長的那個雖然動作遲緩，但做事有條不紊、老成持重，這表示他有多年的經驗累積，而年輕的那個則聰明、機警，看來他需要有經驗人的指導。

「警察。」年長的那個邊說邊拿出警官證給我看。

「請問，你們有什麼事嗎？」我將正在閱讀的書放在桌子上，問道。

「我們在找一個人。」年長的警察說著，把一張小黑白照片放在櫃檯上，「你看看，房客中有這個人嗎？」

我拿起照片仔細地看著，只見照片上是一個五十歲左右的中年男人，他的頭髮是淡色的，兩隻眼睛也有點向外凸。

「這個人犯了什麼罪？是盜竊嗎？」我問道。

兩個警察沒有做任何說明，看來他們只等候我對照片的反應。

「我的房客中沒有這個人。」我放下照片，搖了搖頭說。

那個年輕警察自進屋後一直沒說話，只是不停地用目光觀察著我這間簡陋的休息室，此刻他突然插話說：「你能肯定嗎？或許這個人戴著眼鏡，或許染過頭髮，黏著假鬍鬚，你再仔細回憶一下！」

「噢，很抱歉，我已經想過了，真的沒有。」我肯定地回答說。

「哦，」年長的那個警察說，「這個人名叫葛里高利。根據分析，我們判斷他已經到本市了，目前正在集中警力對所有的旅館和出租屋進行排查。」說著，他稍稍停頓了一下，「請問，你怎麼稱呼？」

「我叫福里森。」

「那好，福里森先生，我們把照片留在這裡，如果你發現有客人和照片上的長相相似，就趕快報警。」年長的那個警察囑咐著。

「可以。不過，我猜想這個人不會鑽到我們這種小地方來，除非他是走投無路了。」

「他確實是走投無路了，否則不會逃跑的。」年長的那個警察一邊快速地掃視著客廳，一邊對我說。

當兩位警察離開後，我又拿起那張照片看了看，然後就把它裝進口袋，不慌不忙地上樓，我已經是五十九歲的人了，怎麼會驚慌呢。

我朝著 308 房間走去，那裡是走道的末端，顯得又髒又暗。

「砰砰砰！」我敲了敲門。

「誰呀？」

「是我，卡洛先生，帳房。」我站在門口等候時，聽見屋裡傳出床鋪的彈簧聲響，然後又是防盜鎖被取下的聲響，門被打開了。

「什麼事？」一位身材消瘦，穿著襯衫、長褲和襪子的人探著頭問。

我沒有回答，只是把他推進去，我也走進屋子，然後就背倚著門仔細打量眼前的這個人：他的個子不很高，大約172公分，留著黑色的短髮，稀疏的眉毛下面是一雙灰色的眼睛，唇邊留著不整齊的鬍鬚，幾乎將那張大嘴巴蓋住，他的下巴讓人感到似乎有些優柔寡斷。總之，他給我的印象不太好。

「什麼事？」卡洛看到我不說話，只是盯著他，有些不知所措地問。

憑直覺，我認定照片上的人就是他！那個年輕警察如果知道自己的推測是正確的該有多好，除了不戴眼鏡這一點。

「葛里高利先生，我認為你該知道，警察剛剛來過。」我不動聲色地說。

「你……說什麼？我……我不懂，我叫卡洛。」顯然我的話給了他重重一擊，他那瘦削的臉都扭曲變形了，但他仍然試圖掩飾什麼，結結巴巴地說。

「你先看看這個。」說著，我從口袋裡掏出那張照片，扔在床上，「警察告訴我，這個人叫葛里高利。」接著我又平靜地補充著，「不過，我什麼也沒有告訴他們。」

卡洛呆呆地站在那裡，他的目光在我身上和照片上來回游移，突然，他頹然地倒在床上，雙手捂住頭，一言不發。

「我看你還是停止逃亡，趕快去自首吧！葛里高利先生。」

他慢慢抬起頭，停了半晌才顫抖著說：「不，我……我不能自首，那樣我就會坐牢。」

「難道你躲在這裡就安全嗎？像你這樣，恐懼會如影隨形，即使你在街上走路，也總得躲避熟人，如果有人多看你一眼，你就會恐懼得發抖。」我告誡說。

「這與你有什麼關係呢？」他伸出舌頭，舔了舔嘴唇反問道。

「當然沒關係，我只不過是為你著想。」

「我想盡快把錢湊齊，然後就到海外去。」他一臉期待地說。

「警察在追捕你，他們是不會放棄的！」我想讓他知道自己面臨的險境，嚴肅地說。

「哦……」他不再說話，繼續躺在床上，緊握雙手，以致

指關節都呈白色了。

「警察可能還會來的，所以我不能在你的房間裡待太久，如果不介意的話，你能否先告訴我是怎麼回事，或許我還能幫助你。」

他沒有吭聲。

沉默了好一會兒，他才對我說：「算了，沒什麼好說的，我就是個傻瓜！」

我沒有回答，靜靜地看著他。

「我真是一個傻瓜！」他又重複了一遍，然後看著我，「我五十二歲了，在一家銀行分行做出納主任，有一個同居的女人，但是我看不到前途，因為升遷的事都由總行人事部門決定。」

然後，他又將視線移到那破舊的地毯上，稍微停頓了一下，說：「我思考再三，決定利用職務之便捲點錢走，去一個沒有人認識我的地方創業。於是，那天早晨上班時，我把一個公事包帶到銀行，偷偷地裝了四萬元現鈔，打算中午離開這裡，就再也不回來了。」

「當時我還以為沒有人看見。」他的喉結一上一下不停地動著，「可是，另一個出納就在旁邊，他不吭聲，一直看著我把錢拿走，當我走到外面時，他突然追了出來，還大呼小叫，然後在外面拽住我，我們拚命搶奪那個公事包，結果他

贏了，我奮力掙脫才跑掉。」說著，他痛苦地閉上了眼睛，「從那時起，我就沒有一天安生日子，幾乎每天都在恐懼和逃亡中度過，真是作孽呀！」

「如果你不自首，那麼你的餘生都將在恐懼和逃亡中度過。」我平靜地說。

「不！我絕不能進牢房！」他從床上跳下來，將臉浸在房間角落一個有缺口的臉盆裡，聲嘶力竭地喊道。

「如果你認罪態度好，或許到不了那一步。」

「不可能！我肯定會被判刑的！」這時，他瘦削的臉上突然出現了一種怪異的神情，「我不相信任何人，包括你！」

「照你的意思，警方可能是在懸賞捉拿你，而我正好用得著這筆錢？」我不禁感到有些好笑。

「沒錯！你有了錢就可以離開這種地方。」他固執地說。

「哈哈！葛里高利先生，你剛才說你五十二歲，而我已經五十九歲了！我沒有什麼特別才幹，只受過小學教育，告訴你吧，我即使真有這筆錢，也還會住在這種地方。」我大笑著說。

「嗯……你的話有道理。」他沉思了一會兒，看著我說。

我微笑著點了點頭。

我從床上拿起那張照片，又從衣服口袋裡掏出一盒火

柴，當著他的面，將那張照片點著了，讓灰燼全部落在茶几上的菸灰缸中而後我就轉身離開了房間。

第二天的下午四點，當我去店裡值班時，發現葛里高利在中午之前就離開了。很顯然，他最初曾決定相信我，但接下來的思考讓他感到沒有把握，所以第二天早晨他便匆匆地走了。

過了一會兒，那位年長的警察又來了，這次是他獨自一人，我猜測他一定是有了什麼新線索。

「你還有什麼要了解的嗎？」我站起身，微笑著問他。

「是的。」他打量著我，「二十分鐘前，我把這張照片給一位計程車司機看，他立刻認出來了，並發誓說，三天前他曾將這個人送到這家旅店。」

「一定是他記錯了！」我否認說。

「也有可能。」那個年長的警察平靜地說，「不過沒關係，我想查查登記簿。」說著，他順手拿過住宿旅客登記簿，一邊翻看一邊說，「根據我的經驗，有些人準備逃亡時，總喜歡取個化名，而且大多是選擇諧音，雖然他們也知道這樣做不好，葛里高利只是個普通的姓。」

他突然抬起頭，盯住我的眼睛，指著登記簿中的一個名字問：「這個卡洛在嗎？」

「噢，他呀，今天早上就結帳走了。」我微笑著回答。

「你能肯定嗎？」

「當然。你看，這是值班人員的紀錄。」說著，我翻出308房間的登記卡，遞給了他。

那個年長的警察接過卡片，只是粗略地掃了一眼，然後一臉嚴肅地對我說：「對不起，福里森先生，我仍要檢查你這裡的每一個房間。」他說話的聲音似乎有些激動，「我懷疑這個卡洛和我要找的葛里高利是同一個人，你昨天撒了謊，今天仍然在撒謊，一定是你的警告才使他離開的。」

「這件事和我並沒有關係，我為什麼要撒謊呢？」我聳聳肩膀反問道。

「雖然具體原因我不清楚，但是我知道人們可以為各種理由撒謊，反正葛里高利遲早會被我們逮住，總會弄清楚的。」說完，那個年長的警察對我意味深長地一笑，就轉身走出了大門。

望著他遠去的背影，我愣愣地站在那裡，努力回憶著他剛才的微笑，「他這是什麼意思？雖然他對我撒謊動機的回答帶有職業性，但從他那敏銳的目光看，似乎是在說：『也許發現撒謊的原因更有趣。』」

「唉！這次遇到好獵手了！」我深深地嘆了一口氣。

我心裡清楚，這個老警察一定會仔細檢視警方紀錄、通緝單甚至報紙資料，他也一定能找到紀錄的，那裡面就會告

訴他一個逃犯的事情：在距離這裡千里之外的一個地方，有一個人叫費瑟，現年五十八歲，他在一個俱樂部當管理員。有一次，他在偷酒的時候，被一個俱樂部會員抓了個正著，在掙扎過程中他把那個人推倒，結果那個人的頭撞在了櫃子上，頭骨破裂，不治而亡，費瑟則如驚弓之鳥般地逃之夭夭。

費瑟是誰？他就是我呀！

終日的緊張和椎心的恐懼，讓我感到無比厭倦，這也是我勸誡同樣飽受折磨的葛里高利自首的原因，儘管我自己缺乏這種勇氣。

還記得，我八個月前躲到這家簡陋的避難所做櫃檯工作時，所有的行李就是身上的衣服，而今，我的行裝同樣是在短短十分鐘之內就收拾完了。

我必須要加快腳步，因為長途巴士站還在五條街之外。

老 好 人

上午九點多鐘，我們突然接到一個報警電話，稱在富蘭克林大道旁的一家小珠寶店發生了一起凶殺案，我們立即前往案發現場。

　　那一帶有很多小店鋪，規模都很小。發生凶殺案的珠寶店地處繁華地段，一邊是理髮店，另一邊是當鋪，在珠寶店玻璃窗上有幾個醒目的金色大字：珠寶商：鮑伯和貝爾特。

　　凶案現場在珠寶店的櫃檯後面。死者身材瘦長，有兩撇長長的鬍鬚，頗像舊式鬧劇中的流氓惡棍，年紀大約四十歲。這個人僵直地向左側躺著，雙膝蜷著，顯然是臨死前的痛苦掙扎，他的右手捂在胸口上，手臂下還不時地有血流出，顯然，他是胸部中彈，由於流血量並不多，我們推測他是立即死亡，而不是因失血過多死亡的。

　　櫃檯旁邊站著一個滿臉驚駭之色的小老頭，看樣子有六十多歲，此刻他正用驚恐的眼神看著警員們勘察現場。他那一副飽受驚嚇的神情，再加上他那大約 167 公分的身高：一頭稀疏的頭髮和閃爍不定的小眼睛上的那副鋼邊眼鏡，讓人感到既可憐又可笑。據守候在這裡的警察說，他是這椿凶殺案的唯一目擊證人。

　　我四周轉了一圈，又回到小老頭站的位置，準備向這個目擊證人了解情況。

　　「你是鮑伯？我是凶殺組的保羅警官。」為了讓他盡可能

地放鬆，我和顏悅色地說。

「是的，警官先生。」他聲音顫抖地說，「我是這裡的股東之一。」

「他呢？」我向死者示意著。

「他就是貝爾特。真沒想到，我們已經合夥十年了，一向很愉快，可誰知……簡直太可怕了！」

「鮑伯先生，既然你是這裡的目擊證人，就請你說說詳細情況吧。」

「哦，好的。」鮑伯顯然還驚魂未定，他稍微定了定神，然後開始敘述事情的經過。

早上大約九點鐘的時候，我們的店鋪剛開門，我把咋天的帳結好正準備去銀行，一個拿槍的歹徒突然闖了進來，他一把就搶走了我手中的錢袋，還差點把我撞翻，接著他又打開現金櫃，把裡面的錢也搜走了。我大聲呼救，驚動了正在店鋪後面的貝爾特，只見他從後面匆匆跑過來，可是，還沒等他到跟前，那個歹徒就開槍了。可憐的貝爾特連究竟發生了什麼事都沒搞清楚就死去了，「唉！」鮑伯深深地嘆了一口氣。

「那個歹徒長得什麼樣？」我問。

「大約是四十幾歲，像個吉卜賽人，黑皮膚，大鼻子，黑頭髮上還油光光的，瘦高個子，大約有 182 公分，體重猜想

有 80 公斤左右。對了，我還看見他左嘴角有一道很長的疤痕，一直延伸到左耳垂。」說著，鮑伯又摸了摸自己的右面頰，「這裡還有一個長毛的痣，很大，挺嚇人的。」

我對他細緻入微的描述頗感驚訝，因為處在那樣危急的形勢下，大多數目擊者都很難準確描述犯罪分子的相貌。

「那個人穿的什麼衣服？」我繼續問著。

「衣服嘛，我記得是一身茶色，上身是茶色皮夾克，下身是茶色長褲，頭上戴著一頂茶色氈帽，他把前面帽簷拉得很低，後面直往上翹……對，沒錯！」鮑伯想了想，然後又很驚訝地說，「他持槍的那隻手背……是左手，紋著一條藍色的蛇盤繞著一顆紅心。」

「看來你對他的印象很深！」

「哦，沒什麼。」鮑伯也頗為自得地一笑。

「謝謝你，你的描述將會對我們破案有非常大的幫助。」我微笑著說。然後，我又對另一個警察下達了指令：「你趕快透過電臺把凶手的特徵廣播出去，這傢伙特徵明顯，應該比較好認。」由於鮑伯的詳細描述，讓我們有了切入點，我覺得這個棘手的突發事件似乎比較容易解決了。

「你對他的槍有什麼印象嗎？」我問鮑伯，因為我想得到更多的破案線索。

「好像是一把左輪手槍，藍鋼的，至於什麼口徑……很抱

歉，警官先生，我對槍是一竅不通。」鮑伯聳了聳肩膀說。

對於鮑伯提供的情況，我已經很滿意了。

「在我來之前，你到沒到附近的店鋪和居民中查問過？」我問一直守候在這裡的那個警察。

「已經查問過了，珠寶店兩旁的理髮店和當鋪的人都說聽到了槍聲，」那個警察說，「當時他們還以為是汽車爆胎，所以並沒有在意。」

我看了那個警察一眼，沒有再說什麼，就轉身來到了隔壁的當鋪。

「噢，你好，我是保羅警官。」我自我介紹著。

「警官先生，你好，我叫羅伯遜，是這家當鋪的主人。」

「事發時你聽到了什麼？」

「我只聽到汽車爆胎的聲音，是九點過一分的時候，後來才知道是槍聲。」他似乎怕我懷疑他為什麼對時間記得那麼清楚，就解釋說，「我那二十歲的姪子到現在還沒來上班，所以我老盯著鐘錶，看他究竟要遲到多久。」

「聽到槍聲後，你是否發現有可疑的人或者情況？」我問。

「我不敢朝外看。」羅伯遜搖搖頭說。

羅伯遜步履緩緩地跟在我的身後，我聽到他問：「那個

可憐的鮑伯怎麼樣啦？」

我停住腳步，轉過身來說：「沒什麼，他只是受了點驚嚇。」

「唉！他可是個老好人呀，」羅伯遜不無同情地說，「在我們這一帶，他是出了名的好人，他心地好，總是喜歡幫助別人。」

「哦，」我有點感興趣，「那麼貝爾特呢？」

「貝爾特和鮑伯可不同！警官先生，按說我不應該講死人的壞話，可是，他在這一帶真的不受歡迎，你可能不知道，貝爾特是個報復心極強的人，愛記仇，誰要是和他有點什麼過節，他一定忘不了，所以我們對他都是敬而遠之。」

我的興趣更濃了，笑著說：「看來，這個世界上是什麼人都有哇！」我心裡明白，有時候這些背景資料比現場資料更重要。

「這麼多年，鮑伯跟他在一起也真夠不容易的。」羅伯遜說，「如果他們不是親戚關係的話，恐怕也不會合夥這麼久。」

「怎麼，他們是親戚？」我驚訝地問。

「是的，貝爾特是鮑伯的妹夫。鮑伯的妹妹叫寶娜，比他小二十一歲，在她還是嬰兒時，他們的父母就過世了，是鮑伯一手把她拉扯大，他們兄妹的感情很深，鮑伯一直都沒

有結婚，所以，他把寶娜和她的兩個孩子視為自己唯一的親人，儘管貝爾特的毛病很多，但鮑伯看在寶娜的份上，還是一忍再忍。」

我隱隱約約感到羅伯遜講的這些很有價值，在向他道謝並告別後，我又來到另一側的理髮店，向老闆詢問事發時的情況。

據理髮店老闆說，當時他也聽到了聲響，同樣以為是汽車爆胎的聲音，因為他當時正在為客人理髮，也就沒有注意時間，更沒有注意到是否有可疑的人出現，不過他說肯定是在九點鐘以後發生的事情，因為那時他剛開門接待第一個顧客。

經初步調查後，我的心情又變得沉重起來，覺得這個案子似乎更加神祕，因為際了鮑伯之外，再沒有第二個目擊證人出現，而且左鄰右舍都眾口一詞說是聽到了汽車的爆胎聲，槍聲和汽車爆胎聲應該是兩種截然不同的聲響才對呀。

我思索著，又回到了珠寶店。

「鮑伯，你們失竊款的數目是多少？」我問道。在這之前，他隻字未對我說過失竊數目，按說這也不符合常理。

他把帳本副本拿出來，指著上面的數目說：「你看，這是現金七百四十元，支票兩百三十三元，都被歹徒搶走了，這可是我們店一個星期的收入呀。」

「我聽說貝爾特是你妹夫，出了這麼大的事，你有沒有打電話通知你妹妹？」

他聽了我的話顯然吃了一驚，於是支支吾吾地說：「我⋯⋯我還沒有來得及通知她。」

我決定去見見她妹妹，以便從她那裡了解一些情況，就對他說：「這種消息用電話通知的確不妥當，不過總得有人告訴她，如果你不反對的話，還是我來替你辦吧，反正我也正打算去看她。」

「嗯。」他猶豫了一下子，「那麼好吧，她現在住在我的公寓裡，就是城北第二十街。警官先生，這件事一定對她打擊很大，她本來在城南住，但最近她和貝爾特經常吵架，所以才搬到我那裡，如果她聽說貝爾特死了，恐怕都無法原諒自己，我可憐的妹妹呀！」他一臉悲戚的神情。

我驅車來到城北二十街的公寓，這是一幢漂亮而整潔的現代式建築，看來鮑伯的生活條件不錯。

我按響了門鈴，沒過多久，就見一位風姿綽約，年紀在四十歲左右的褐髮女人開了門。

「請問，妳是貝爾特太太嗎？」我摘下帽子，客氣地問。

「是的，你⋯⋯」

「我是警察局的保羅警官。」我亮出警官證說，「我們進去談好嗎？」

「警察局？」她先是一愣，繼而後退了一步說，「當然，請進！」

我走進她的房間，只見裡面布置的溫暖而舒適，然而讓我驚奇的是，沙發上還坐著一個相貌英俊的中年男人，他懷裡正抱著一個可愛的兩歲女孩。

貝爾特太太連忙上前一步，介紹說「這是我的一個朋友，小女孩是我的女兒。」然後她問道：「警官先生，你來這裡有什麼事嗎？」

「貝爾特太太，怎麼跟妳說呢，恐怕我要告訴妳一個壞消息。」我斟酌著詞句。

「啊？是不是我哥出什麼事了？」她的臉色一下子變得蒼白，焦急地司。

「不是妳哥，而是妳丈夫貝爾特。」我回答說。

「哦！」她似乎輕輕地舒了一口氣，臉色也逐漸恢復了紅潤。

「貝爾特怎麼了？」她的語氣顯然和緩了許多。

我看得出來，她好像並不在乎貝爾特發生了什麼事，所以我決定不再繞圈子了，而是直截了當地說出這個噩耗。

「貝爾特太太，今天早晨珠寶店遭到搶劫，歹徒開槍打死了妳丈夫，妳哥只是受到點驚嚇。」

「哦！」她眨了眨眼睛，沉默不語。

這時，坐在沙發上的那個中年男人說話了：「我看這樣反而更好，對誰都是解脫。」

「你怎麼能這樣說呢，他畢竟是我的丈夫。」貝爾特太太責怪他說。

「哼」，那個男人冷笑了一聲，「那妳要我怎麼說？難道還讓我哭不成？」他憤憤地說，「警官先生，對不起，我對貝爾特根本沒有好印象，他也不是我的朋友，前些天，他在離婚起訴書中連我也一起告了，說我通姦，這能讓我不生氣嗎？」

看來又有了新情況 —— 貝爾特夫婦正在鬧離婚。

離開他們家後，我匆匆吃了午餐，就趕到法院去看貝爾特夫婦的離婚案子。

檔案中只有貝爾特的起訴書，但沒有貝爾特太太的答辯書。從貝爾特的起訴書看，他們之間的矛盾遠不是鮑伯所說的「吵架」那麼簡單，貝爾特提出離婚的理由是妻子與人私通，並附有幾張妻子和情人在旅館約會的照片，同時他還請求法院判他獲得對女兒的監護權，不允許妻子有看望孩子的權利，理由是妻子不道德。我從中不難看出，貝爾特的態度很強硬，的確是個極具報復心的人。

走出法院後，我坐在汽車裡沉思了很久，心裡想：「鮑伯

對凶手的特徵描述得那麼詳細，這只有兩種可能：一種是他生來就具有驚人的觀察力，尤其是在發生凶殺案的情況下，還能觀察得如此清楚，這絕非常人所能，另一種是凶手或許根本就不存在，他所說的一切都是杜撰或者幻想出來的。如果真是第二種可能，那可就麻煩了。」想到這裡，我不由得倒吸了一口氣，「不行，我還得回去做些重點調查。」

於是，我又開車回到富蘭克林大道，只見珠寶店的門窗緊閉，一塊「暫停營業」的牌子掛在醒目處。隔壁的當鋪還開著門，我走了進去，直截了當地問當鋪老闆：「你是否知道隔壁的店主有槍？」

他有點吃驚，猶豫了一下才說「他們剛開業的時候，是從我這裡買過一支槍，說是放在店裡以防搶劫用。」

「是誰來買的？」我問。

「是貝爾特先生買的，不是鮑伯，我記得很清楚。」當鋪老闆十分肯定地說。

「你還記得是一支什麼樣的槍嗎？」

「我可以檢視下帳本，我們這裡一年也賣不了幾支槍，所有的紀錄我都留著呢。」說著，他從櫃檯下面取出一個帳本，一頁頁地翻著，最後終於停住，他指著其中的一欄對我說：「你看，是十年前的九月十日，貝爾特，伊金街一七二六號，點三八口徑，柯爾特牌左輪，製造號碼二三一八四〇。」

我接過帳本又仔細看了下，然後將這些內容全部抄了下來。

「你為什麼要了解這些？」當鋪老闆好奇地問。

「噢，只是例行公事。」我回答得很含糊，因為我不能如實地告訴他關於我的推測。

考慮到非職業殺手往往不曉得如何處理凶器，我又安排人在珠寶店的周圍仔細檢視所有的垃圾桶，看看是否有丟棄的槍支，結果什麼也沒有發現。

現在我只能暫時停工了，因為貝爾特是死於什麼口徑子彈的檢驗報告還沒有出來，我任何事都做不了。

第二天上午，檢驗報告終於出來了，證明死者身上的子彈是點三八口徑的鉛彈。同時，我還意外地收到郵局寄來的一個皮袋，裡面裝著郵局附的一封信和一張兩百三十三元的支票，還有部分現金，正是珠寶店被搶走的東西。信上說，這些東西是從距珠寶店兩條街遠的郵筒裡拿出來的。

案件的冰山角已經露出來了，只是還需要進一步的證據，為此，我和組長到地方法院那裡申請了三張搜查證。

我首先打電話給鮑伯，詢問他的情況，他說待安排完貝爾特的後事再重新開業。

「我想再看看你的店，可以嗎？」我在電話裡問他。

「當然可以。」他說,「你什麼時候來呢?」

「就是現在。」

我們來到珠寶店,鮑伯打開了店門,我開門見山地對他說:「我要看看你們店裡的防衛武器。」

「武器?」鮑伯腮愣地看著我,「什麼武器?」

「點三八口徑的左輪手槍。」

「槍?我們這裡沒有槍呀,警官先生。」鮑伯搖搖頭說。

「真的沒有?」

「是的。」

「鮑伯先生,我聽說你們開業後,你妹夫從隔壁的當鋪買了一支槍,說是準備店裡自衛用的。」

「噢,你說的是那支呀!」鮑伯似乎恍然大悟地說,「那是好幾年前的事情了,他的確買過一支,可是我看那東西就不舒服,不知怎麼搞的,槍總讓我感到神經緊張,所以我就讓貝爾特把它拿回到自己家去了。」

看來,鮑伯是不會自己拿出槍來讓我看了,我只有動用搜查證了。

「對不起,鮑伯先生。」我亮出了搜查證。

「哦!」他不大情願地點點頭。

我和同事在珠寶店的各個角落仔細地檢視了一番,沒

有槍。

　　還有兩張搜查證，下面的目標就是鮑伯在城北二十街那舒適的公寓和他妹妹城南的住所了。我們先是來到鮑伯的住所，也沒有發現槍，而且貝爾特太太和她的小女兒也不在那裡了，據鮑伯說，她們昨天晚上就回家去了。接著，我們又來到城南他妹妹的家進行搜查，同樣也是一無所獲。

　　對於我們這樣反反覆覆地搜查，鮑伯顯得很冷靜，或者說是無動於衷的樣子，但他妹妹貝爾特太太就不同了，她不理解為什麼要對被害人的家進行搜查，一直質問我們為什麼要這樣做。

　　雖然沒有找到手槍，但我還是準備坦率地向他們兄妹解釋我的看法。

　　「鮑伯先生，貝爾特太太，關於貝爾特被害這個案子，我已經有了初步的結論，你們想聽聽嗎？」還沒等他們表示，我又接著說，「這個案子本來並不複雜，但是被人為地製造了障礙，結果讓我們如此大費周章。鮑伯先生，你看我說得對不對？你昨天早上到店裡結了一週的帳，但是你並沒有把現鈔放進皮袋裡，只是放進了存款和支票，然後，你開車到兩條街以外，把皮袋丟進了郵筒裡，後來你又回到店裡，沒有開店門，直到你開槍打死貝爾特並把槍藏好後，你才開店門，所以，人們都誤以為聽到的是汽車的打火聲響，這樣你

就避開了被顧客發現的風險。」

「不可能！我哥哥是全世界心腸最軟的人，他不可能殺害貝爾特！」貝爾特太太大聲說。鮑伯則只是笑了笑，沒有任何表示。

「的確，他對妳和妳的女兒是一個心腸最軟的人，正因為他對妳們愛得深，才會在妳們受到威脅時變成一隻老虎，貝爾特太太，妳知道妳丈夫在離婚起訴書上是怎麼寫的嗎？」

貝爾特太太一時語塞，她看了看鮑伯，想從他哥哥那裡得到證實，但鮑伯只是牽強地笑了笑。

「警官先生，你知道，我是不會做那種事的。」他說，「你的猜測是錯誤的，請問，槍在哪裡？」他挑戰似的望著我。

這個問題確實擊中了要害，槍是凶殺案的證據，我找不到槍，就沒有證據，因此也就無法定他的罪。我只好把他帶回警察局審問，結果也問不出什麼名堂，可是讓他說說凶手的模樣時，他竟可以說上十幾遍，而且每一遍的細節都一樣。

最後，我不得不開車把他送回家。

當晚回到警察局後，我和同事們又忙了一個通宵，為了能找到證據，我們設了一個計策。

第二天上午十點鐘，我打電話給鮑伯說：「鮑伯先生，首先我要向你道歉，因為我昨天的猜測是錯誤的。你知道嗎，

我們已經抓到了真凶，和你描述的那個人一樣，我想請你來辨認一下，可以嗎？」

「什麼？你是說……」電話那頭傳來鮑伯疑惑的聲音。

「是的，我們確認這個人就是殺害你妹夫的凶手，但是他現在還沒有招供，你能來警察局指認嗎？」我說。

「哦……」鮑伯沉默了很長時間，然後說，「好吧，我馬上來。」

我們事先安排了五個身材瘦長的人坐在那裡，他們全部穿著茶色長褲和茶色皮夾克，尤其是第一個人，和鮑伯所描述的一模一樣：黑皮膚、油光光的黑頭髮、從左嘴角一直延伸到左耳垂的疤痕、右面頰上顆帶毛的痣、左手背上紋著一條藍色的蛇盤繞著一個紅心的圖案。

「鮑伯先生，請你仔細辨認一下。」我瞥了一眼鮑伯說。

只見鮑伯雙眼圓睜，張著嘴巴愣在那裡，眼前的這一切讓他太吃驚了：「怎麼會有這種事情？自己幻想中的凶手竟然會真有其人……」

「組長，還是讓鮑伯先生聽聽他們的聲音吧，這樣更好辨認。」我說。

我和同事們繼續不動聲色地表演著。

按照常規，我們為了讓證人辨認聲音是專門有一套問話

的，通常是問姓名、年齡等，但是現在組長卻沒有按那套例行的問話發問。

「曼尼，你在哪裡工作？」

「我在福利建築公司當工人。」

「你結婚了嗎？」

「是的。」

「有孩子嗎？」

「有。」

「有幾個？」

「五個。」

「孩子都多大了？」

「最大的十三歲，最小的才兩歲。」

「你有過前科嗎？」

「沒有。」

「好了，你先退後。」組長說，「來，第二個！」

組長用同樣的話又問了其他四個人，但是我注意到，鮑伯似乎都沒有認真聽，他還是盯著第一個人在想著什麼。

我揮揮手說：「把嫌疑犯全部帶下去吧。」這時，辦公室裡只剩下鮑伯和我，我站著，他則坐在椅子上抬頭看著我。

「鮑伯先生，你剛才認出哪個是凶手了嗎？」我問道。

「後面的四個都不是。雖然第一個和歹徒的相貌非常相像，但是我敢肯定，他也不是凶手。」鮑伯舔了舔嘴唇說。

「鮑伯先生，你妹妹和你在富蘭克林街的朋友們都說你是個軟心腸的人，不過，今天這事你不能軟，他可是殺害你妹夫的凶手，你看，他也是個左撇子，而且和你描述的相貌模一樣。」我面無表情地說。

「警官先生，人的相貌一樣或許只是個巧合，可他真的不是那個凶手。」鮑伯的聲音有些顫抖。

「我看你肯定又是心軟了，認為他是五個幼小孩子的父親，認為他沒有犯罪前科，對不對？」

鮑伯低頭坐在那裡，一言不發。

我默默地打量了他一會兒，猜想火候已經差不多了，便趁熱打鐵對他說：「我們一定會讓他招供的，鮑伯先生，曼尼和你不同，他不過是個窮困潦倒的貧民，而且還是個墨西哥移民，不會有律師幫助他的，所以，我們處理他也不必用什麼正規程序，只管給他定罪執行就是了，這樣我們也可以結案了，對你妹夫的被害也是一個交代。」

「不！你們不能那樣做！」鮑伯「啪」地一下了站起來大叫道，「他不是凶手，他是一個有五個孩子的無辜的人！」

「既然不是他做的，那麼又是誰？」

「我……」鮑伯的臉色蒼白，停了半晌，他才有氣無力地說，「警官先生，我，我要招……是我謀害了貝爾特。」

用這種計策讓鮑伯說出了實話，這真是讓我既感到興奮，又有些許遺憾。

將鮑伯帶走後，我上到四樓的洗手間，在這裡我遇到了那五個人中的大衛，這時他已經摘掉了黑色假髮和假鼻子，正在擦洗著手背上盤形蛇和心的紋身。

我看著鏡子中的自己，心頭頓時湧起一股說不出來的感覺，但絕對不是以往那種破案後的快感。

說實在的，我從警這麼多年，利用人們的貪婪、恐懼、報復等心理，使嫌疑人就範的事暗常有，但是，利用嫌疑人的軟心腸和愛護別人的心理破案，這還是第一次，甚至連我自己都有些想不明白，我這樣做究竟是對還是錯？

離婚協議

哈里是前天乘飛機去緬因州的，臨走前，妻子朱迪曾對他說：「等你回來我們再簽字，反正你也去不了幾天。」按說，朱迪是應該等哈里回來後再走的，可是她現在卻不想再等待了，儘管飛機要到第二天上午才能起飛，但她還是早早地就把行李收拾好了，等哈里回來時，她已經飛往那個迷人的海灘了。

　　朱迪為什麼這樣著急呢？原來她正和哈里鬧離婚。

　　其實朱迪心裡很清楚，自己對離婚之事根本不用急，著急的是哈里，他為了要達到和瑪麗結婚的目的，肯定會答應自己提出的所有條件，甚至是不惜一切。

　　朱迪默默地想著，喝完了第二杯咖啡，她點燃了一支菸，將看完的報紙順手扔到一邊，又研究起了貂皮和鑽石方面的廣告來，雖然她也和大多數女士一樣，對這兩樣東西十分喜愛，但是哈里自從和瑪麗好上以後，就再也不買給她了。

　　「咦，這上面的耳環和我脖子上的珍珠項鍊倒是很相配的。」她又仔細看了看，剛想將這則廣告撕下來，卻又想看看背面是什麼內容，擔心會漏掉什麼，可是當她翻過來看時，卻發現是一個訃告欄，「真晦氣！」她暗暗嘟囔著，便準備順手再翻過來。

　　這時，訃告欄中一個名字突然跳進她的眼簾：「瑪麗女

士」，她再仔細一瞧，那上面寫著：漢孟德城的瑪麗女士突然去世，享年四十五歲，擬訂於本週一上午十一點在惠普爾殯儀館舉行追悼會，特此告知。

「怎麼，瑪麗去世了？」她有些不敢相信，趕快揉揉眼睛，又瞧了瞧訃告欄，過了好幾分鐘，她這才相信這是真的。

「唉！可憐的瑪麗小姐，她可是這場遊戲中最悲慘的人了。」她自言自語地說，「也好，讓她的死給哈里開個天大的玩笑吧！」朱迪帶著一絲不易覺察的微笑，將那則訃告撕下，放在了皮夾裡，「或許我可以給哈里再開一個玩笑，從佛羅里達把這則訃告寄去給他。」想到這裡，朱迪興奮得幾乎要大笑起來。不過，很快又有一個想法躍入她的腦海，她才把笑抑制住。

是什麼想法呢？原來，朱迪覺得，如果瑪麗活著，她還會和哈里重新磋商離婚條件，假如瑪麗真的死了，那自己可就慘了，那樣一來，她不僅不能分得更多的財產，甚至還可能連一點也分不到。」想到這裡，她的心情頓時鬱悶起來，狠狠地把手中的香菸掐滅了。

「怎麼辦？我得想個萬全之策。」朱迪開始思索起來，「如果在哈里得知瑪麗的死之前，我和他簽好離婚協議就好了。」她認為這是自己唯一的希望，如果等哈里回到家，也許有人

會打電話給他，也許他會打電話給瑪麗，那麼他很快就會知道這個消息了。

朱迪現在閉著眼睛都能想像出哈里在緬因州的樣子：在一間小木屋裡，他正在封閉門窗，作著過冬的準備，小木屋裡沒有電話，與外界聯繫很困難。

「不行，我不能再等了！」她催促著自己。

朱迪迅速把印有訃告的報紙塞進皮包，穿上大衣，然後抓過汽車鑰匙就向外面的車庫跑去，她要開車去趟緬因州。

朱迪一邊開著車，一邊為自己善於隨機應變而興奮著，她認定自己一定能使事情逢凶化吉，與哈里簽訂一份對自己絕對有利的離婚協議。

當汽車駛進緬因州的產業園區時，她看見哈里的汽車停在那裡，於是她也把車開了過去，停在哈里的車旁邊。

這個產業園區是哈里的叔叔的遺產，老叔叔在過世前把它留給了哈里，這叔姪倆還有一個共同的愛好，就是喜歡養鳥和賞鳥。

朱迪下了車，朝著不遠處的小木屋走去，陣陣寒風吹得她渾身發抖，她緊裹了裹大衣。來到小木屋前，她打開屋門走了進去，頓時一陣熱氣撲來，屋裡很暖和，這時她才突然想起來，哈里曾經說過，小木屋裡是有電暖器的。

朱迪脫下大衣，在一張透著霉味的椅子上坐了下來，她

點上一支菸，邊抽邊等著哈里回來。一支菸抽完了，哈里沒有回來，她又掏口袋，想再點一支，可是卻沒有了，「剛才停車加油時，我怎麼沒買上一包呢？」她叨念著，又仔細翻查著皮包，希望突然鑽出一支來，可惜皮包裡面也沒有。

「哈里怎麼還不回來？真希望盡快了結此事。」朱迪焦急地向窗外望去，又過了一會兒，她感到很難耐，就開始在小木屋裡踱起步來。

「萬一在簽字之前，哈里就知道了瑪麗去世的消息，那可就難辦了！」一想到這種可能性，朱迪就顯得焦慮不安，也更想抽菸了，哪怕是哈里平常抽的那種菸勁不衝的薄荷菸也可以。她開始檢視小木屋的四周，屋內的東西很少，只有哈里的一件舊皮夾克在門旁的牆上掛著，她上前摸摸衣服的口袋，裡面沒有菸，不過，她在皮夾克胸前的一個暗袋中，發現了哈里的皮夾。

「這個皮夾他一向是帶在身邊的，今天怎麼會忘在家裡呢？」她覺得有些奇怪，就打開皮夾，細細檢視，發現裡面不過是錢、信用卡這些普通的東西，她又翻了翻夾層，想看看他們的結婚照片在不在，果然還在，她抽出來一看，不禁驚叫了一聲，原來，她那漂亮的臉龐被哈里用鋼筆畫了一排吸血鬼般的利齒，那對灰褐色的大眼睛上也被畫上了兩個大大的圓圈，裡面寫的是「錢」字。

朱迪看著照片，心裡憤憤地想「哈里這個平常看似文質彬彬，說話溫文爾雅的人怎麼會畫出這種畫？他是個連隻蚊子都不會打的人。」她又看了看照片，「怎麼，在那張胡亂塗畫的照片下面還有一張照片，是哈里和瑪麗緊緊偎依在一起照的，下面還寫著一小行字：哈里，我的愛，永遠愛你的瑪麗。「哼，說得真肉麻，哈里這個狡猾的東西！」朱迪心中的火「騰」地一下子就升起來了。

朱迪感覺受到了莫大的侮辱，她惱怒地劃了一根火柴，將那張胡亂塗畫的照片燒掉了，燒完還朝著灰燼狠狠地踩了幾腳，然後，她從皮包裡把登著瑪麗訃告的報紙拿出來，故意用這張報紙將他們倆的合影照包住，將其夾在兩張五元鈔票之間，最後一起塞進哈里的皮夾放鈔票的那一層裡。

「哈里，我就是要好好地羞辱羞辱你！」這時，地聽見門外傳來腳步聲，就急忙把皮夾又放回哈里的口袋裡。

哈里從門外走了進來，他把眼鏡摘下來，用手揉了揉眼睛，他穿著羊毛格子襯衫，口袋裡凸出來的是他一刻也不離的那個菸斗，胸前還掛著一個望遠鏡。

「是什麼風把妳吹來的？」他有些奇怪地盯著她，顯然他已經看到外面的汽車了。

「噢，是這樣的」她撒謊說，「本來，我已經和旅行社訂好準備去旅行，但是今天早上旅行社打來電話，說旅行計畫

有點變動，船要到明天中午才能出發，這樣就有一些時間，我想，還是不要等你回去再簽字了，還是在我出發前把字簽了吧，所以我就開車到這裡來了。」

「真是那個理由嗎？」他懷疑地看著她。

「哈里，你這話是什麼意思？難道我還騙你不成？」她反問道，不過這時她的心跳有點加速。

「沒什麼，朱迪，如果是我猜錯的話，請妳原諒，我只是覺得妳此前並不是這樣積極的。」哈里不緊不慢地說。

「哈里，我把檔案帶來了，你到底簽不簽字？」說著，她從皮包裡拿出那份檔案和一支筆，一起遞給了哈里。

「好吧。」哈里接過檔案和筆，不假思索地在上面簽上了自己的名字，「喏，這份是妳的，」他把一份遞給了朱迪，自己則將另一份放在掛著的皮夾克中錢夾的旁邊。

「哈里，我們的離婚手續辦完後，你是要和瑪麗結婚嗎？」朱迪微笑著問。

「噢·是的，我是要和她結婚。」哈里同樣微笑著回答。

他從木屋的窗戶向外望了望，回過頭來對朱迪說：「我們現在已經很友好地把這件事情處理完了，妳看，我是否可以搭妳的車回城，我聽天氣預報了，說有一場暴風雪，如果天氣真的那麼糟糕，可能我明天就搭不上飛機了。」

「不，哈里，我不能因為你要搭便車而在這裡過夜。」朱迪說。

「不是過夜，我們再過一個小時就可以出發。」哈里說，「我們先是各開一輛車下山，等到飛機場時，把我的汽車寄存在那裡，然後我再搭乘妳的車。」他說著，從櫃子中取出一袋雜糧，「朱迪，妳先等一下，我出去把這些雜糧散到外面給鳥兒吃，然後我再到『瓦拉布』去取我預訂的一些東西，妳放心，不會很久的，只要一小時就足夠了。」說完，他還沒等朱迪同意，就將衣鉤上的皮夾克取下走了出去。

「既然離婚協議都簽了，我為什麼還要由你陪著回家？」朱迪想，她打算等哈里走進小木屋後的樹林裡，自己就開車上路。

可是，這時她的菸癮又上來了，她非常需要一支菸。「哈里的菸怎麼找不到呢？」她自言自語著，又開始狂房間裡搜尋起來，突然她的眼睛一亮，屋角那張桌子是最有可能的地方。

她拉開最上面抽屜，沒有菸，只有蠟燭、火柴和一個手電筒，她又拉開下一個抽屜，裡面也沒有菸，只是堆著一些說明書，有怎樣關閉壁爐的節氣閥、怎樣點燃煤油燈、怎樣關閉或將水管裡的水放光等內容。

她又試著拉開第三個抽屜，發現裡面有一個上了鎖的金

屬保險箱。「這裡面一定有重要的東西，我必須要看一看。」她一邊想著，一邊看了看鎖，「如果用適當的工具，就可以把它打開，不過那樣一來，哈里就會知道是我幹的了。」她不禁猶豫了一下，「我和哈里現在已經沒有任何關係了，看了也無所謂。」

她從廚房找來一把小刀，把刀尖插入鑰匙孔，然後就開始一下一下地挖……沒過多久，只聽「喀嚓」一聲，保險箱的鎖被打開了，她非常興奮，趕緊掀開蓋子，只見裡面有一些信封，她順手撿起一個並抽出裡面的紙，看到紙上是哈里的字，羅列了數百股股票，有將軍股、國際商務機械股，全是時價，落款是哈里寫的昨天的日期。她又拿起第二個信封，打開以後，發現了更讓她驚訝的事情 —— 竟然是哈里的老叔叔的遺囑副本。

她迫不及待地讀起來，結果是越讀越吃驚，那上面的內容讓她明白了那些股票的錢是從哪裡來的，還有在贍養費上，她也被欺騙了。

「如果這份遺囑是真的，那哈里實際上就是一個富翁了。」她暗暗地說。

朱迪心裡充滿了憤怒和懷疑，她不想再看下去了，把裝有遺囑的信封又放回到箱子裡，再把保險箱重新放回底層的抽屜。

「哈里這個狡猾的傢伙，他欺騙了我！」朱迪為自己著急簽訂了離婚協議而懊悔著，「哈里隱瞞了遺囑這件事，我和他即使再上法庭，也無法再爭取增加贍養費了，因為律師以前曾經告誡過。」

「不行，我必須要把那份簽好的協議書再弄回來，如果哈里堅決不放手，那就讓我參加他的葬禮吧，即使我成為他的寡婦，那又能怎麼樣呢？」朱迪下定決心，她狠狠踢了抽屜一腳，關上了抽屜門。

朱迪漸漸平靜下來。

她反覆思忖，即使真想成為哈里的寡婦，最好也應該有個完美的機會才好，比如自己可以和他一起回家，儘管這樣做是夜長夢多，但只要有周密的計畫，讓事情看起來像是意外那樣就可以了。

這時，她看了看手錶，離哈里出去剛剛過去了半個小時，「我還有足夠的時間，哈里走時說撒過鳥食之後還要去『瓦拉布』取東西，大約要一小時。」朱迪想。

過了一會兒，她又感到焦躁不安了，因為沒有菸抽，她連事情都無法想清楚。

時間就這樣一分一秒地流逝著，突然，門外傳來腳步聲，是哈里拿著空袋子回來了‧

「哈里，」她連忙迎上去說，並強擠出一絲笑容，「你的事

都辦完了嗎？有菸嗎？我想要一支。」哈里從皮夾克口袋裡掏出一包菸，可裡面只剩下一支了，他把這支菸遞給了朱迪。

「只有這一支嗎？」她點燃後，深深地吸了一口問。

「是的，如果妳還想要的話，我們就再去買。」哈里說。

「噢，還是你去買吧！」

「行，不過，」哈里說，「管子裡的水我必須先要放光，這樣我一回來就可以出發了。」說著，他就朝安裝著水管的地下室樓梯走去。

「喂，哈里，等一等，」朱迪往後面招呼著，「你先別關水管，等等你出去時，我可能還要用水。」其實她心裡明白，地下室的樓梯可能正是她在尋找的機會。

「好的，那就等我回來再關吧。」哈里嘴上答應著，轉身又朝門外走去，不一會兒，外而傳來他汽車駛走的聲音。

朱迪見哈里走了，立刻來到地下室門前，她按了電燈開關，幽暗的樓梯頓時有了光亮，她看見樓梯沒有扶手，一條石階直通下面、她暗暗思忖：看來哈里對這裡太熟悉了，他經常上下樓梯，即使沒有燈光他也可以摸著走，如果對頭頂上的電燈動動手腳的話，哈里就得另換燈泡了。不過，朱迪還有另外一個主意，她將脖子上的珍珠項鍊摘下來，數了數共有四十三粒，顆顆都晶瑩、光滑，她將穿珠的線扯斷，伏下身子，把珠子散落在第一個石階上，然後她又踮起腳將頭

頂的燈泡取下來，用力地搖晃著，直到燈絲全部斷裂。

　　朱迪做完這些後，仍有些不放心，她擔心哈里萬一踩到珠子上跌下去，儘管摔個半死，但還在苟延殘喘該怎麼辦？她一邊把燈絲斷裂的燈泡重新安裝回去，一邊打定主意：乾脆一不做二不休，如果有必要，就在哈里頭上狠狠地來幾下，然後再把珍珠撿回來，還有那份離婚協議書。

　　就在朱迪為自己的周密計畫暗暗高興時，她又想到了一個問題：萬一哈里要用手電筒照亮，不就看見石階上的珠子了嗎？她沉思了一下，就將書桌上僅有的一支手電筒拿過來，把裡面的電池取下浸泡在鹽水裡，過了一會兒，她再拿出來擦乾淨，重新裝進手電筒裡，按了按開關，果然不亮了。

　　朱迪為了不引起哈里的懷疑，又將手電筒原封不動地放在書桌上，她知道哈里的視力不太好，即使有些光亮，猜想他也看不清右階上的那些珠子。

　　等這一切都做完了，朱迪的菸癮又上來了，她連連打著哈欠，「要是有支菸抽該多好哇！」可是這裡根本沒有菸，她考慮到自己今天要長途開車，明天還要去佛羅里達，而且哈里也要等半小時後才能回來，於是打算在臥室裡躺一會兒。

　　臥室裡的床鋪上光禿禿的，她打開壁櫥，也沒有找到被褥或毛毯，她決定用大衣裹一下身子，稍稍閉一會兒眼。

她不知自己睡了多久，然而當她醒來時，卻發成屋間裡很暗，而且非常冷，哈出的氣變成了白色的霧，她覺得臉上有股刺痛感，用手摸摸鼻子，也近乎是麻木的。

　　「哈里在哪裡？」她猛地坐起來，穿上大衣，跳下床，撩起窗簾，看見窗外片片晶瑩、旋轉的雪花在飛舞，松樹也被陣陣寒風左右拉扯著。

　　朱迪定了定神兒，用凍得幾乎僵硬的手點著一支蠟燭，她想取取暖，可是電力公司這時停電了，電暖器無法用，她又走到壁爐前，看見裡面只有燒了一半的兩根細木棍，她蹲下身子，想用一張報紙引燃木棍，但是沒有成功，「是不是節氣閘關閉了？」她仔細檢視一下，結果沒有，她順手抓過一本雜誌，點燃後扔進壁爐裡，火苗起來了，她又找來一摞雜誌，點燃後一本接一本地朝壁爐裡扔，終於把兩根小木棍點燃了，小木屋裡稍微有了些暖氣，她圍在壁爐旁，一邊搓著雙手，一邊在心裡暗暗地罵著：「怎麼還不見哈里這個傢伙的人影？還有電力公司，這麼冷的天氣還停電，結果讓我凍個半死！」不過她轉念又一想：「這樣也好，沒有電，哈里就更看不清了。」

　　大約過了十到十五分鐘，壁爐裡的木棍燃盡了，火苗慢慢熄滅，最後只剩下一片灰燼。可是哈里還不見蹤影，朱迪的內心不禁焦急起來，她想：「哈里不會發生什麼意外吧？

他的汽車裝有防雪胎，再說外面的雪也不是很大，即使道路上的積雪沒有剷除，也應該不會影響行駛呀！如果他再不回來，等段時間路面結了冰，再開車危險可就大了。」

她側耳聽聽，又望望窗外，依然沒有任何動靜。

「難道哈里是在用這種方法玩弄我？」她忽然覺得也有這種可能，「哈里或許是在報復我偷偷將瑪麗的訃告代替那張毀壞的照片！」想到這裡，朱迪內心的火氣「蹭」地冒了出來，她不想自己在等候他的這段時間裡繼續挨凍，就順手抄起一把櫻桃木椅子，在壁爐的石牆上用力敲打，將一片片碎木頭扔進壁爐，一連三把椅子都被她用這種方法拆毀了，壁爐裡的火熊熊燃燒起來，溫暖了小木屋，她的臉也被烤得通紅。她打算煮杯咖啡，可是當她把咖啡壺放到電爐上時，一按開關，才意識到沒有電，她「啪」的一聲把咖啡壺摔到地上，由於用力太重，壺裡面的冰水濺了她一臉。

「哼！如果有可能的話，我還想把這個屋子都當柴火燒！」她恨恨地想。

不過一想到毀壞，她才意識到，如果她將所有的家具都燒毀的話，她的計畫也就泡湯了。她記得小木屋裡有盞煤油燈，可如今在哪裡呢？她決定仔細找找。

朱迪藉著燭光在壁櫥中尋找，沒有；她又在屋子的各個角落檢視，也沒有，她認為，唯一有可能的地方就是地下室

了，但是那裡很黑，她有些膽怯。

　　她想去發動汽車，然後坐在車裡等候哈里，可一轉念又覺得不妥，擔心開車的途中會浪費汽油，自己還有重要的事情沒做，可不敢冒汽油耗光的危險。她想來想去，最終還是決定到地下室去找油燈，於是她壯了壯膽，就朝地下室走去。

　　通道很黑，她端著蠟燭，小心地摸索著，避開了第一個臺階，沿著梯子一步一步慢慢地走著，終於到了地下室，她閉了一下眼睛，再慢慢睜開，試圖讓眼睛適應燭光一明一暗的幽光，地下室裡寒氣逼人，她不由得哆囉哆嗦拉起衣領。

　　在地下室牆壁的一個小凹洞裡，她找到了那盞油燈，根據以前看過說明書的內容，她仔細檢視了刻度，發現裡面還有煤油，她用左手抱住油燈，緊緊地夾在臂彎裡，右手端著蠟燭，準備從原路返回。

　　她又小心翼翼地爬上梯子，等到梯頂的時候，她先把油燈放下，緩慢而謹慎地踏過第一個臺階，然後再抱起油燈。

　　當朱迪來到前面的房間時，突然一個念頭閃過：「我把珠子都放在同一個臺階上，可能致命性不大，如果哈里想急於關閉水管，我怎麼才能阻止他一步跨上兩個臺階呢？我剛才上下臺階時，都能避開撒有珠子的那一階，哈里當然也有可能，看來我應該在各層都放置一些。」她一邊想著，一邊把

油燈放在壁爐架上，並將手伸到爐火旁暖了暖。

「如果有支菸抽就好了！」不過她很快就抑制了這種慾望，她明白，即使身邊有菸，她也不能抽了，因為哈里隨時都會進來，到時候她連點油燈也來不及了。

朱迪要重新去撒放珠子了。

她來到通往地下室的入口，先把蠟燭放在第一個臺階上，藉著燭光，她俯下身子撿起二把珠子，放進白袋，然後直起身子，躲開第一個臺階，繼續朝下走去。

當她來到第四個臺階時，先將兩腿叉開，把一些珠子撒落在兩腿之間的空間，然後又以同樣的姿勢，將珠子撒到第三階、第二階，看著圓溜溜、晶瑩剔透的珠子擺在那裡，再想想哈里滑倒滾落的情景，她心裡很高興。

當朱迪滿懷喜悅，將手向後伸，想要上樓梯口的時候，突然碰倒了蠟燭，她剛想伸手去抓，身子一下子就失去了平衡，並且燭火也被手掌壓滅了，頓時四周一片漆黑，「哎呀！」她尖叫一聲，拚命想恢復原來的姿勢，但是當她努力掙扎時，最上層的珠子被她的雙手掃到，正好滾到她站不穩的地方，一瞬間她就摔倒了，整個人順著樓梯骨碌碌地向下滾，硌得肋骨、膝蓋生疼。直到最後，她的腦袋「砰」的一聲撞到了地下室的水泥地面，頓時不省人事了。

不知過了多長時間，她才慢慢地甦醒，她試著用手肘支

撑起身子，但是椎心的疼痛傳遍全身，讓她絲毫動彈不得。在這冰窖一般的黑暗地下室裡，她傷心地哭了，不一會兒，滴滴淚水就在冰冷的面頰上結成了冰珠。

「躺在這裡的本該是哈里，而不是我！」她怨恨著，「如果他來解救我，那將比恐怖的黑暗和寒冷更糟糕！唉，真倒楣！我本來給哈里的死亡計畫就這麼泡湯了。」朱迪痛苦地閉上了眼睛。

「大夫，他好像是睡著了。」一個年輕的女護士說。

「嗯，這倒是好現象，昨天晚上他們送他到這裡來的時候，他很危險，如果不是我們緊急搶救的話，這種心臟病發作的病人是要死的。」大夫說。

「李小姐，你知不知道他是誰？」大夫問。

「不知道，據他說自己不是本地人，在二十里外的鄉下有一座小木屋，那裡沒有電話。」年輕護士回答說。

「他沒說別的？」

「沒有。不過，他不停地喊著一個女人的名字 —— 瑪麗，那可能是他的太太吧。」

「噢，」大夫一邊在病歷上作著記錄，一邊說，「我見他手上戴有結婚戒指，我們必須趕快通知他的太太，或者通知警方趕到鄉下那個小木屋，他的太太可能正在懷疑自己的丈夫發生了什麼意外呢！」

「他的太太好像死了。」年輕護士說著，拿著一個皮夾中的照片和剪報給大夫看，「聽救護人員說，他們趕到時，他的手中正拿著他妻子的照片和她的訃告。」

「原來是這樣。」大夫不禁嘆息地搖了搖頭，「給他注射一支鎮靜劑，我們必須想辦法讓他安靜。」

「好的。我今天晚上值夜班，剛才一位護士小姐還打電話來請假，她說外面太冷了，連汽車門都打不開了。」年輕護士微笑著說。

「可不是嗎？你想想，零下三十幾度的氣溫，滴水成冰，寒風都能把厚厚的水泥牆吹透！」

接著，他又搖了搖頭說：「像這種夜晚，我寧願放棄這裡的一切，乾脆到南部的佛羅里達去住，你呢？」

連環套

愛德華親自從公司總部來到我們分部，就是為了介紹新任的分部主任——查理。

　　那天，愛德華把分部所有的人都召集到一起，對我們說，新任的分部主任查理是個優秀幹練的人，由他來領導我們，分部的工作一定會大有起色。當時，愛德華並沒有詳細說明查理到底具備哪些合格條件，不過據我分析，可能查理的從業優勢是在行銷方面，而不是在會計方面，那既然如此，他又能有多少發言權呢？當然，我也知道自己這種想法或許對於查理來說是苛刻的，但我畢竟在會計部已經工作二十多年了，不僅對人員和業務都相當熟悉，而且在過去八年裡，我還一直是分部的副手。所以，對查理的到任，我從心裡感到不爽。

　　愛德華講完話後，大家就各自散去，回到自己的職位上去處理業務，我也轉身想離開，但愛德華向我招招手說：「艾倫，你等等，我再來介紹一下。」說著，他招呼查理過來，對他說，「查理，這就是我以前和你說過的艾倫。」

　　「你好！艾倫。」查理熱情地伸出手，同時用兩眼上下打量著我。

　　查理的個頭比愛德華要矮一些，和我差不多，年紀也和我相仿，他的皮膚是褐色的，可能在陽光下晒得時間不短，他的臉部很光滑，幾乎沒有一絲皺紋，如果單從外表上看，

是無法判斷他的真實年齡的。

「查理，你知道嗎，在湯瑪斯任職期間，艾倫就是他的副手。」愛德華說，「自從湯瑪斯退休後，這裡一直是他在主持工作。」接著，他又把頭轉向我，「艾倫，大概有六七個月的時間了吧？今天你總算卸下這副擔子，一定很高興吧？」

我面無表情地聽著。這時，只見查理的嘴角微微向上翹了翹，褐色的臉上流露出一絲嘲諷的微笑，似乎在說：「可能是真的吧。」不過，那絲微笑很快就從他的臉上消失了，他輕輕地對我說：「好了，艾倫，我還有點事，回頭我們再談。」

「好吧，主任。」我明白那是一個辭客令，於是很識趣地走開了。

我回到辦公室，在辦公桌後面坐下，這時，我彷彿覺得有許多雙眼睛正在看我，但屋子裡鴉雀無聲，沒有一個人講話。

過了一會兒，我聽到一個聲音：「艾倫，這樣對你太不公平了，真沒有道理！」說話的是湯姆，他的個子又高又瘦，職位略比我低一些，此刻正朝我走來。

我心裡很不舒服，臉上沒有任何表情，片刻，我才艱難地嚥了一口唾沫，「或許，」我不知道該說些什麼，「社會上的事情很複雜，或許這種事情是常有的，其實，我並沒有想過要接替那個職位。」我明知道這不是自己的心理話，但我不

得不那樣說。

說實在的，我起先還真沒有在意部門主任這個職位，記得湯瑪斯臨退休的時候曾對我說：「艾倫，根據你的能力和人品，我曾向總部推薦由你來接替我的職位，可是總部總說要給我們部門灌注一些新鮮血液，回絕了我的提議——這對你實在是不公平了，可是……」雖然他的話沒有說完，我已經明白是什麼意思了。

自那以後，雖然主任的位子一直空著，但我沒有任何奢望。幾個月過去，也沒有人接替，可能總部也很難找到合適的人選，在這種情況下，我漸漸地對那個位子萌生了期望。我作為副手，一直主持部門的所有工作，我相信總部會了解這些情況的，久而久之，我甚至覺得這個位子最後肯定非我莫屬，誰成想結果竟是這樣！

「其實，並不是我一個人認為不公平，許多人都對這種安排感到遺憾，我只是要你知道我的感受。」湯姆一臉真誠地說。

我朝他微微一笑。

我知道，也有些人很不喜歡我當主任，莎莉就是其中一個。我們部門有兩位女打字員，莎莉是比較年輕的一個。這是個不值得一提的小妞，不僅工作能力和資歷都不行，而且很多行為還讓人看不慣，為她占用電話閒聊天和穿超短裙的

事，我就訓過她幾次，她肯定對我心懷怨恨。

　　我的工作一切照常，然而令我吃驚的是，查理到任還不到三個星期，就指名讓莎莉做了他的私人祕書，還加了薪。儘管我個人運氣不佳，沒有當上主任，但是我能忍，可是對於莎莉這種人居然也要提拔重用，我就想不通了。而且，另一位打字員無論哪方面都比莎莉強，她會服氣嗎？為了公司利益，我覺得自己有責任提醒查理。然而當我向查理提出自己的看法時，他卻聳聳肩說：「這裡資歷深、倚老賣老的人可真多。」我碰了個軟釘子。

　　當時我就應該明白他這是在警告我，離我穿小鞋的日子不遠了，但遺憾的是我卻並未明白過來，以至於我下次被他叫到辦公室的時候，絲毫沒有準備，他把我當做一個犯了錯的小學生那樣，讓我站在他的辦公桌前，敲著桌子上的傳票斥責說：「艾倫，難道你不知道這是我的責任嗎？為什麼你還在批閱？」

　　「嗯，是的。」我小心地說，「從原則上說這是您的責任，可是，您的前任湯瑪斯不喜歡人拿這些瑣碎事煩他，就把這些事交給我批閱，我以為你也會這樣的。」

　　「噢，原來是這樣。」查理的語氣稍微緩和了些，停了一會兒，他打量著傳票的格式問道：「艾倫，你上星期一共批准了多少傳票？」

我搖搖頭說：「不知道。」

查理疑惑地看著我。

「噢，是這樣的，它們在不同的時間來自不同的部門，具體的我不太清楚，不過，每星期大概有二、三十份吧。」我趕緊補充說。

「哦。」查理似乎明白了，他又敲了敲傳票，然後就將身子仰靠在椅背上，似乎我這個人並不存在了。

過了好一會兒，他才坐直身子，粗聲對我說：「這樣吧，我們換一種方式，今後這件事由莎莉來負責，由她負責收集和保管一週的傳票，到星期五統一交到我這裡，我會親自批閱的。」

「如果那樣的話，付款就要慢多了。」我說。

「也慢不了多少，而且這樣可以讓我們清楚每天都在做什麼。」

「既然如此，我就不多說了。」說完，我就轉身出去通知莎莉。實際上我清楚，他們不可能照查理說的那樣去做。

一週後，查理又把我叫到辦公室，這次他把一整疊傳票都放在桌子上，見我進來，他客氣地說：「艾倫，請你告訴我，這些傳票為什麼會被退回，而且還加蓋著『恕難辦理』的章？以前也有這種事情嗎？」

我拿起傳票，心不在焉地翻著，其實我早就知道癥結所在，只不過想以這種方式氣氣查理，於是慢吞吞地說：「很簡單，是小姐們忘記加進適當的號碼了，她們做事總是不細心，常常得我去提醒她們。」

　　「哦，那你為什麼不提醒她們，讓她們做好再送給我呢？」查理問。

　　「我現在連傳票的影子也見不著，你不是說讓莎莉負責收集，直接送給你批閱嗎？」

　　「你這個艾倫呀，虧你在這裡做了這麼多年。」查理說，「我的意思是要建立一個監督系統，你總不能指望我清楚傳票的每一個細節吧，再說我也剛來，還什麼都不了解。」

　　我心中暗想：其實你對這些根本就不了解！不過我一言不發，只是默默地站著，擺出一副洗耳恭聽的樣子。

　　「艾倫，」查理繼續說，「我和你一起公平合理地工作，這本來是件很愉快的事情，但是你似乎對我的到任不太滿意，不光對我耍這類小詭計，而且還經常挑撥我和同事們的關係。」

　　「絕對沒有那種事。」我辯解說。

　　「有沒有你自己心裡清楚。」查理冷冷地說，「總之我有理由相信。」

　　「如果你堅持那麼認為，我也沒有辦法改變。」我說，

「不過，煩惱的不光是你，我也有自己的苦處，你知道嗎，這半年多來，我一直在做兩份工作，可結果我得到了什麼？什麼也沒有！最起碼應該給我加點獎金或薪酬，這總不過分吧？」

「這事我說了不算，應該由總部決定。」查理表情嚴肅地看著我，一字一頓地說。

「總部管那麼大攤子，他們也需要有人提醒呀！」我說。

我有點恨自己，怎麼這麼不走運！實際上我真的期待獲得分部主任的職位，並且我也確實需要錢。

「我可以提醒，但結果如何我可沒把握。」查理說，「艾倫，有些話我本不想說，不過今天我想告訴你，主任這個位子空缺了這麼久，其實就是給你機會，讓你去證明自己的才幹，但遺憾的是你沒有抓住，即使我現在願意推薦你，也不見得有用，所以，我勸你還是考慮早點退休吧。」

「什麼？」我望著他。

查理把雙臂抱在胸前，努力向後靠了靠，表情嚴肅地補充道，「這或許是你的最好選擇，希望你考慮一下，並且照辦。」

「主任。」還沒等我說完，查理就起身走了。

我心情鬱悶地回到辦公室，癱坐在椅子上，手裡還緊握著那本記事簿。查理的話如重錘一般砸在我的心頭，我幾乎

被這一切不公平驚呆了，儘管我無論如何都不願意相信這是真的，但查理的話確切無疑。回想前些日子，總部告誡我不要妨礙查理的工作，我照辦了，再說我對主任的位子也早就沒興趣了，他們為什麼還要這樣對待我？至於傳票的事，我也是奉命行事，也不能把錯全都推到我身上呀！

「查理剛才說主任的位子遲遲未填補，是留機會給我，考驗我的能力，這話是真的嗎？」我反覆思索著，「不可能！那只是不想補償我勞動付出的藉口，我何必要跟他糾纏呢，乾脆去找愛德華，向他索取我本來就應該得到的那份獎賞。」我想著，就站起身來。

可沒走兩步，我又洩氣了，重新坐到椅子上。我覺得，查理是我們部門的主任，不論我對他感覺如何，愛德華是不會干涉主任職權的，而且我這樣做，也不會有任何好處。

「該怎麼辦呢？」正當我坐在椅子上發呆時，莎莉走了過來，她手裡拿著一沓退回的傳票，對我說：「主任讓你給這些傳票編上號碼，然後再交給我送去重辦。」她說話的語氣有點冷漠，停頓了一下，她又補充說，「主任讓我轉告你，你一定要細心點，不要再打回傳票。」

我雖然窩著一肚子火，但也只能忍著，強作平靜地說：「好，妳放下吧。」

莎莉仰著頭，扭扭屁股走了。

我又傻坐了一兩分鐘，然後伸手拿過原子筆，開始機械地在傳票上寫編號。寫著寫著，我的目光無意間落到查理在「核准欄」的簽名上，「那都是些什麼字母？」我辨認了半天也沒大認清，我想，他可能也像許多大人物那樣，把簽字僅僅看成是一種形式，甚至連他自己都搞不清自己在寫些什麼。

　　自從查理到部門當主任以來，我沒少看過他的簽名，但從沒動過什麼怪念頭，直到現在，我才發覺他的簽名是那麼容易模仿，頓時，我的心顫抖起來，一股興奮勁霎時傳遍全身。

　　我推開那些傳票，從抽屜裡拿出一張便箋，開始試著模仿查理的簽名筆跡。最初可能因為緊張的緣故，模仿得一點也不像，不過幾分鐘後，就很不錯了，我相信再練習一段時間，一定可以達到以假亂真的程度。

　　興奮取代了我心中的鬱悶，我將便箋揉成團扔進紙簍裡，這時，我在腦子裡醞釀著一個如何弄到錢的計畫，打算一切就緒後就下手。

　　我又拿過傳票，繼續用原子筆編號。當我完成這項工作，把傳票交給莎莉時，她看也沒看就順手塞進一個信封裡。

　　「咳……」我清了清嗓子，對莎莉說：「從今天開始，傳票進來先交給我看看，等主任批閱完再讓我檢查一遍。」

「你是說，在主任核准以後嗎？」莎莉不解地看著我，問道。我點點頭，並等待她繼續問話。

儘管我知道回答這種問話很難，但我也要這樣做，因為，傳票經主任過目後，除了裝訂歸檔外，不會有什麼問題，那是在我可控範圍內的，而我不能控制的，則是主任核准前的問題，所以我必須要弄清楚。

「那……」莎莉似乎還有些疑問。

「如果要我負個人責任的話，我有權再過目。」我不容置疑地說。

我也知道，自己這種自命不凡的話是被逼出來的，不過，為了獲得利益，我決定繼續做下去了。

莎莉聳聳肩，表示接受我的理由，然後她又笑著看了我一眼，我知道，她的笑肯定不懷好意，但不管怎麼樣說，到目前為止，我的步驟一切順利！

儘管如此，我還是不敢直接在傳票上寫我的名字，更不能冒險寄到家裡去。我用餓了一頓午餐的時間想出一個辦法：開設一個子虛烏有的公司。因為，設立一個公司很容易，只要有一個通訊地址，再租用一個信箱就可以完成手續了，當然還要在銀行開一個戶頭，這樣銀行檔案裡就存了一張簽名卡。我給公司取的名稱是「極好日用品公司」。

一切都完成後，我滿懷喜悅地回到公司，雖然比平常稍

晚了幾分鐘，但沒人注意我，整個下午我都在認認真真地工作，直到下班時，我才將一些空白傳票夾在報紙裡，偷偷帶回家。

那天晚上，我一直趴在桌子上練習主任的簽字，直到能用原子筆毫不費力、唯妙唯肖地寫出來為止。接著，我又用自己的老爺打字機，在空白傳票上打出一張 196.5 元的支付傳票，我為什麼會選這個數目呢？因為它既不太大，也不太小，不容易引起懷疑。最後，我又反覆檢查每個專案，生怕還有疏忽、遺漏之處，直到確信沒有任何問題了，我才拿起原子筆。

不過，下筆前我還是躊躇了一會兒，最後穩穩神，才在「核准欄」裡寫上了查理的名字。我把自己的「傑作」和主任的真跡放在一起，反覆比較，「哈哈，真像！」我微笑著把傳票鎖進書桌的抽屜裡，然後上床準備休息。

星期五下午，我正坐在辦公室裡，只見莎莉拿著一大沓主任核准過的傳票走進來，她面無表情地把傳票放在我的桌子上，沒有說話，我看得出，她一定是不耐煩這樣做，我也沒理她，等她轉身走開後，我望著她的背影，心裡想：「妳裝什麼裝？什麼都不懂的小屁孩！」

我裝作重新檢查傳票的樣子，但眼睛卻不時地瞄著四周，趁別人不注意的空檔，我趕快把昨晚打好的假傳票塞進

去，為了保險起見，我又等了五六分鐘，才起身把看過的傳票送給莎莉。

「我都仔細查過了，完全正確！」我說。

「那極好了！」她不經意地說著，順手把傳票擱在一邊。

莎莉的這種舉動讓我多少有點吃驚，按說，她應該馬上把傳票裝進信封並封起來，這樣不僅安全，而且也不會被其他人隨便翻看，我也不用提心吊膽了。

「你還有什麼事嗎？」莎莉看我站著沒動，就抬頭問道。

「噢，沒有了。」說著，我轉身回到自己的辦公桌，但眼前老是晃動著莎莉桌上那一沓暴露的傳票。

「會不會露餡？」我有些擔心，正思索找個什麼藉口把傳票再弄回來的時候，公司的傳遞人員進來了，莎莉連忙把那些傳票裝進一個信封，遞給傳遞人員，我頓時鬆了一口氣。

雖然我在公司幹了這麼多年，但有好多事情我也不太清楚，就拿傳票來說，一旦核准並送到總部後，需要多長時間才能開好支票並寄出，我根本不知道。

在接下來的兩週裡，我真是如坐針氈，幾乎每天都被擔憂、焦急煎熬著，雖然每週我都要懷著忐忑不安的心情去郵局，但都是空手而歸。終於，我看見一個薄薄的棕色信封了，上面寫著「極好日用品公司」，「哈！計畫成功了，我為自己弄到錢了……」我欣喜若狂，盤算著這筆錢怎麼用，當

然首先是還清欠款，然後立即終止這種勾當。

　　我原本打算只幹這一回，還清欠款就罷手，那樣可能就不會出什麼亂子了，但是人的貪慾就像魔鬼一樣，時時誘惑著你，抑或是一切都太過順利的緣故，總之我是欲罷不能，一直在偽造假傳票騙公司的錢。直到有一天，查理召我去他辦公室，將一堆傳票亮給我看時，我才如夢初醒，發現我造假傳票的計畫，從一開始就注定是要失敗的。

　　「艾倫，你在搞什麼鬼？」他惱怒地說，「我們送出去的傳票比收到的還要多！就算莎莉沒有注意到這一點，但查帳員遲早也會查出來的，你給我解釋清楚！」

　　「什麼查帳員？我不知道。」我一臉茫然。

　　「你當然不知道，」查理說，「分部裡只有我和莎莉兩人知道。不過，你應該明白，當公司的費用莫名其妙地超出太多時，公司必定會採取措施查詢原因，如果連你這樣有經驗的人都不知道的話，那可就太愚蠢了。」

　　我擔心的事終於發生了 —— 偽造假傳票的事露餡了。當時，我心裡十分害怕，全身哆嗦著，以至於查理說了什麼我也沒弄明白，直到後來，我才真正領悟到他話裡的含意。

　　查理厭惡地看著我，說：「也許你真的不知道，不過現在知不知道都沒什麼關係了，坦率地說，公司這麼多年是欠了你一些，但你用這種方法獲取我很不齒。現在我也不逼你，

如果一週後你能『自動』退回那些款項，我再向總部報告，並保證公司將不予追究你。」

「謝謝！」我機械地說完這兩個字，就默默地向外走去。

「等一等，」查理招呼住我，「你不用擔心自己不上班會有什麼影響，我會向部門裡的人解釋的，就說你去度假了，不過，你要把辦公室的鑰匙留給莎莉。」

「知道了，」我灰溜溜地退了出去。

當我把辦公室鑰匙交給莎莉時，她平靜地說：「我感到很難過，但是我沒有辦法，真的。」「我知道，妳是沒有辦法。」我說。

臨走時，我心裡想：「不管怎麼說，我至少還有一週的時間，在這重要的七天裡，或許情況會有所轉變。」

和以往對時間的感受不同，我覺得這七天簡直太短暫了，因為我要在壓力下籌措一大筆款項，無論如何一週都是不夠的。我打算再往後延一延，抱著這個希望，我在限期到的前一夜來到查理家，我默默祈禱，希望他能再容我幾天。

查理住在市郊一條安靜街道的盡頭，那天晚上很冷，當我站在他家門前按門鈴時，渾身上下都在顫抖。

門鈴的叮咚聲在裡面響著，但卻沒有人出來開門，四周靜悄悄的，雖然我擔心他不在家，但我的退款期限已到，我必須要找到他，於是，我又用力按了按門鈴。門突然被打開

了，查理站在門白直勾勾地瞪著我：「我的天，艾倫，你在這裡做什麼？」

「我想和你談談。」我囁嚅地說，「但我不想在辦公室裡談，所以就直接到你家裡來了。」

「哦，」他躊躇著，回頭看看屋裡，我以為他要給我吃閉門羹，但過了片刻，他卻聳聳肩，「好吧，請進！」他說。查理一邊在前面帶路，一邊不好意思地說，「家裡很亂，請不要見怪，我太太去看她妹妹了，這段時間我一直過著光棍生活。」

我隨查理來到走道盡頭的一扇門前，打開後，我發現這是一間裝飾考究的書房，裡面有一個石砌的壁爐，爐內有燒瓦斯的圓柱狀燃管，管子上燃燒著火，室內暖融融的，在壁爐的左邊有一扇門，直接通往房屋內部，門正半開著。

我又掃了一眼茶几，發現兩只玻璃杯並排放在一起，裡面都有半杯水，其中一個杯子的口邊還有口紅的痕跡，我一下子就明白查理為什麼遲遲不開門的原因了，顯然，有另外一個女人在陪他。

查理似乎也看出了我的猜疑，他皺了皺眉頭，問道：「艾倫，你這麼晚到我家裡來，要談什麼？」

「請你再多給我一點時間籌錢，」我幾乎哀求著說，「只要一個星期。」

「不行！如果你沒有錢，即使再給一個星期也沒有用。」
查理搖著頭說。

「我會籌到的，會的！」我急忙補充說，「我還有一些產
業，買主都找好了，只是那個人也需要時間籌錢，求求你
了！」

我知道自己的這些話純屬瞎編，反正再給一個星期，我
也籌不到那筆錢，不過，我可以在這個星期裡發現查理和那
個女人更多的事情，有了這些把柄，我就可以威脅查理不要
向總部告發了。

「你說說，能弄到多少錢？」查理從上衣口袋抽出一支雪
茄，點燃後，輕輕地夾在指縫中，問道。

「噢，猜想有六千。」我急切地說，「除去退還公司的，
還剩下……」

「剩下什麼？」查理打斷我的話，「你難道忘了，六千只
不過是你盜用公款的十分之一。」

「十分之一？不，主任，沒有這回事！」我爭辯著，「極
好日用品公司的傳票總共才三千出頭呀！」

「也許『極好』公司是你說的那個數目，但是你別忘了，
你還有『康白公司』、『丁大公司』和其他許多杜撰的假公司，
如果把這些都加起來，將近七萬五千元了，難道你想否認
嗎？」

望著查理咄咄逼人的神情，我目瞪口呆，良久才迸出一個「不！」字，我顫抖著說，「主任，你聽我說，除了『極好』，其餘那些公司我一無所知。」

　　「艾倫，別演戲了，」查理輕蔑地說，「難道你還真想讓人相信你的那一套『噢，我的上帝呀！我早該明白，我盜用的數目並不會引人注意，所以，我才做那麼小的數目。」

　　我氣憤至極，指著查理大聲喊道：「你，我總算看清你了，你是在捉弄我，把我當做一個代罪羔羊，你只給我一個星期的時間籌錢，認為我籌不到就會逃亡，所以讓我隨意編瞎話，你這個卑鄙的小人！告訴你，我籌不到錢也不會跑的，我要讓所有的人都知道真相！」

　　「住口！」查理凶狠地叫著，「你這個不知好歹的傢伙，那筆錢你可能一千年也歸還不了，竟然想把我也拖下水，我本來對你還有一絲憐憫之心，但現在全被你這一招抹殺掉了，沒良心的東西！」

　　接著，他又用夾雪茄的手指著我說：「你不是說一週內能弄到六千元嗎？正好，你就用那筆錢去請律師吧！」說完，他又把雪茄叼在嘴裡，瞇起眼睛瞧著我，就像在看一個關在籠子裡的動物一樣。

　　我徹底失望了，完全失去了控制力，一把抓起身邊那個沉重的玻璃菸灰缸，狠狠地砸在查理的後腦勺上，他頓時頭

破血流，身子向前傾，又撞到壁爐上，「哐」的一聲倒下來，最後一動也不動了。

我驚呆了，先是愣愣地站在那裡，然後又彎下腰，把他從壁爐那裡拉開，上前一摸，他已經沒了心跳了，「天哪！他死了！」我的大腦頓時一片空白，「不！我不是故意的，是情緒激憤而失手！怎、怎麼辦？快跑！」於是，我跌跌撞撞，驚恐地向門外逃去。

我不顧一切地瘋狂駕車回到公寓，至於究竟是怎麼回的家，我竟然一點記憶也沒有了，唯一能想起來的只是站在公寓房間裡，呼吸沉重，絞盡腦汁地想著下一步該怎麼辦。

實際上，我知道自己已經無路可走了，即使我沒在案發現場留下指紋，但是那個藏在門後的女人呢？她肯定聽到了我和查理的爭吵，甚至還可能從門縫裡看見了我，她一定會指認我的。

「不就是死路一條嗎？事情已經這樣了，我還怕什麼呢？」不知怎麼回事，一想到這裡，我反倒輕鬆了不少。

我穿著外套就直接走進了浴室，那裡面有一個藥櫃，我打開後，取出一個裝安眠藥的小瓶，倒了兩片在手裡，用水吞了下去，然後又倒了兩片，但我卻死死地盯著它，怎麼也沒有勇氣再吞了。

「唉！」我嘆了一口氣，慢慢把藥片又放回瓶子裡，然

後走進臥室，我想美美地睡上一覺，這些日子我實在是太累了！我躺在床上，大概是藥片漸漸生效，我昏昏沉沉地入睡了。

第二天早上，「叮鈴鈴」的電話鈴聲吵醒了我，我的心一下子收緊了，猜測那肯定是警方的電話，我只好聽天由命，神情沮喪地拖著身子下床接電話。

「喂？」裡面傳來愛德華的聲音，「你是艾倫嗎？」

「是，我是。」我緊張地說。

「你在家就太好了！艾倫，你知道嗎？公司出大事了，查理死了，不知是意外還是自殺，他的書房裡有瓦斯暖爐，現在也搞不清瓦斯是開著的，還是沒點火或是其他什麼原因，也可能是他自己劃了火柴，總之，他家爆炸起火了，這件事我們可能永遠也無法確定是怎麼發生的了，你趕快到公司來，儘管我很不願意打斷你的休假。」

愛德華停頓了一會，接著又說：「艾倫，你是公司的老員工了，有些話我也不想瞞你，查理這個人好像不太老實，他一直核准錢給某些不存在的公司，最近我們正在安排人查帳，他可能聽到了什麼風聲，擔心被逮到，所以就一時想不開，採取了自殺的這種輕生辦法，當然了，我說的自殺只是猜測。」

我拿著話筒的手開始發抖了，突然想起自己昨天晚上就

差點走了那條路。

「艾倫，你是不是在聽著？我們可以信賴你嗎？」愛德華問。

「當、當然可以。」我幾乎想都沒想就說出來了。

「那好，艾倫，你或許不是世界上最好的主管，但至少你是誠實的，我們正在重新考慮，準備由你擔任分部主任，希望你不要辜負總部的期望。」

「謝謝！我會盡力的。」說著，我放下了電話。

這簡直是「山重水複疑無路，柳暗花明又一村」，我幾乎不敢相信，僅僅過了一個夜晚，事情就發生了驚天逆轉——瓦斯爆炸、證據沒了、查理死了，對於壓得我喘不過氣的傳票一事，現在我竟然想怎麼說就怎麼說了，真是天助我也！

我正暗暗慶幸時，突然一個問題闖入我的腦海：「查理的那個女友呢？她為什麼沒有去報案？」想到這裡，我又出了一身冷汗。

「她可能是個有夫之婦，如果這種事抖出來，對她也不光彩，可能就是這個原因。」我自己找到了答案？心情一下子又變得舒暢起來。

想著我就要走馬上任了，我痛痛快快地洗了個澡，又換上乾淨衣服，心裡打定之意：今後再也不做偽造假傳票那種蠢事了。

正當我打領帶的時候，門鈴響了，我拉直領帶，然後去開門，只見莎莉站在門外，她神祕地微笑著，高舉的手指上掛著一串鑰匙，那是查理開除我時，我交給她的。

「艾倫先生，現在你回辦公室，是需要這些鑰匙的，我不想讓你自己去要，就親自給你送來了。」莎莉微笑著說，頓了一下，她臉上的笑容消失了，慢悠悠地說，「如果是一個聰明的人，就不會出現像你昨晚那樣愚蠢的舉止了，你只顧自己一走了之，就留他那樣躺在那裡，這種做法是不是有點荒唐呀？」

「原來昨晚和查理在一起的是妳？」我鎮定地說。

「沒錯！」她輕鬆地說，「你可真夠幸運！我就在現場，假如不是我熄滅那些火，再到廚房將時鐘定在一小時後點火的話，你怎麼能榮升部門主任呢？一定是雙手被銬在手銬裡了，我說的沒錯吧？」

「可是，妳為什麼要那樣做？」我問。

「至於原因嘛。」她優雅地在原地轉了個圈，「因為其他的那些假傳票並不是查理的功勞，是我花了整整三個星期才弄清你在耍什麼把戲，既然你能做，我當然也可以，怎麼樣，沒想到吧？而且，我做的要比你安全，因為必要的時候，我可以都推到你身上，而你呢，卻無法證明這件事與你無關，就這麼簡單。」

「這個不值得一提的小妞，竟然如此狡詐。」我吸了一口氣。

「唉，可憐的查理，他死了，成了一個代罪羔羊。」她不無惋惜地說，「他的簽字也真是太容易模仿了，還有……」她繼續說，「艾倫先生，你就要當主任了，大概你的簽字也不難模仿吧？」

「哦，妳說呢？」我微微一笑。

兩個老人

「你覺得犯罪有意思嗎？」莫利問。

「你想犯罪？難道你瘋了嗎？」他的朋友巴克嘟囔了一聲。

「我沒瘋，不過，我很想試一次。」莫利說。

莫利和巴克生活在一家養老院裡。這家養老院的環境不錯，有翠綠的草坪，新鮮的空氣，鐵欄杆把養老院和外界隔離開來，是一個鬧中取靜的好地方。他倆正坐在兩把靠牆的摺疊椅上晒著太陽。

由於環境很好，住在這裡的老人們都希望在這裡安度晚年。莫利和巴克每天都喜歡一邊晒著太陽一邊聊天。

一天清晨，陽光還沒有穿過濃密的樹葉，草葉上還掛著晶瑩的露珠，莫利和巴克就早早吃完了飯，坐在樹下聊天了。

莫利拿著望遠鏡，一直眺望著養老院對面的公寓。莫利很瘦，一頭亂蓬蓬的白髮，滿臉皺紋，穿著一件花格子的運動衫。雖然他今年 75 歲了，但看上去比實際年齡要年輕許多。

「快看，對面公寓五樓的那個女人又出來了，每天這個時候，她都穿著比基尼站在陽臺上。」莫利說。

「比基尼有什麼稀奇的？你去海灘看看，在那裡是個女人就穿比基尼。」巴克不屑地說。

「你看看，我敢打賭，你在海灘上看不到這樣的絕色美女！」說著，莫利把望遠鏡遞給了巴克。

巴克拿過望遠鏡，沿著莫利所指的方嚮往去，「她晒得這麼黑，不是我喜歡的類型，像這樣漂亮的女人，應該白一點，這樣才更吸引男人。」巴克把望遠鏡又還給了莫利，然後靠著椅背瞇起了眼睛，自言自語地說，「每天坐在這裡也夠無聊的，做點什麼好呢？」

莫利聽到了他的話，眼睛繼續望著遠處，感嘆地說：「我這一輩子什麼都做過，唯獨有一件事沒做過，真想嘗試一下。」

「別又提你想犯罪的事了。」巴克依舊瞇著眼睛。

「你還真說對了，我想嘗試的恰恰就是犯罪！」莫利說，「在我年輕時真應該犯一次罪，那樣的話，我也就不至於落到現在這種地步，每月靠幾塊錢的養老金過活。我現在口袋裡的錢還不夠買進城的公車票。」

「哈哈，我有錢！」巴克搖晃著腦袋說。

「你有錢？不就是你兒子每月寄給你的五塊零用錢嗎，那夠做什麼？」

「省著點花，還是能支撐一個月的。」巴克說。

「我們倆辛苦一輩子，老老實實、奉公守法，最後什麼也沒撈到。」莫利抱怨說，「如果我們趁年輕時謀劃一次犯罪，

弄點錢，也不至於像現在這樣，還得靠兒子接濟。你知道嗎，昨天養老院的負責人叫我去辦公室，要我每個月再多交十美元，否則就讓我走人，我上哪裡給他弄十美元去？」

「怎麼，每個月還要多交十美元？我怎麼沒聽說？」巴克驚訝地問。

「早晚的事！」

「唉！我也拿不出那麼多錢，」巴克嘆了口氣，「看來，我們只好一起捲鋪蓋走人了。」

「你好說，可以找你兒子要錢。」

「兒子？他自己也要養家餬口，哪還有多餘的錢給我？」巴克皺著眉頭說。

莫利再次舉起望遠鏡，窺視對面的公寓。

「我發現，每天上午她丈夫一出門，她就叫那個年輕人過來，然後把窗簾拉上……」莫利一臉詭祕地說，「至於他們在做什麼，我不說你也知道。」

「每天早上？那他們不累嗎？」

「他們年輕，你沒年輕過嗎？」

「我年輕的時候也沒像他們這樣。」

「不過，看到他們這樣做，倒讓我想起一件事來。」，莫利放下望遠鏡，慢悠悠地說。

「什麼事？」巴克問。

「如果我給她打電話說，她所做的一切都被我看在眼裡，如果每星期不給我十美元的話，我就把這件事捅到她丈夫那裡去……」

「你，這不是敲詐勒索嗎？」巴克驚叫道。

「這有什麼？你看看外面的社會吧，每天都在發生著犯罪的事。」莫利不以為然地說，「大財團操縱資本，商人偷稅漏稅，警察收受賄賂，毒販子販賣毒品，其餘的則搶劫偷盜……你知道嗎？他們過得都相當滋潤，哪像我們……」

「莫利，你真的以為犯罪就那麼簡單？」

「我覺得沒什麼難度。」莫利說，「你看昨天的晚報了嗎？有則新聞說，一個人走進銀行，遞給出納員一張字條，說他有一把槍，如果不將所有的錢交給他的話，就開槍，結果出納員乖乖地給了他五千元現金，那人出門後便消失在茫茫人海中。你看，五千塊啊，得來全不費工夫！」

「難道你也想去搶銀行？」巴克問。

「為什麼不呢？我想試試看！」莫利說。

「搶銀行要有槍才行，你有槍嗎？恐怕把我們的錢都湊起來也買不起一把槍。就算你有槍，你會用嗎？你連槍都拿不穩，更別說開槍了。」巴克一連串的問話把莫利給問住了。

「我……我可以不用槍，我用炸彈。」莫利不服氣地說，「我做一個小包裹，然後我對出納小姐說那是炸彈，你想，她敢不給錢嗎？」

「這麼說，你是當真的？」

莫利舉起望遠鏡，又向對面公寓看了好久，然後說：「我是當真的。如果再不做點什麼，我們就會因為掏不出每月的十美元而被趕走，到那時，我們只能到貧民窟裡找個窩棚安家了，那將是一種什麼樣的生活啊！下雨時房子會漏雨，冬天時會被凍死，夜晚還要擔心被搶劫。隨著物價飛漲，最後我們什麼也買不起，只能慢慢地餓死。養老院的環境雖然不是最好的，但好歹有人照顧，能吃飽穿暖，你說，你情願離開這裡嗎，巴克？」

「當然不情願！」巴克說，「雖然在這裡生活有時也會覺得無聊，一些人在下棋和打牌時還會驚擾我的好夢，但我還是喜歡這裡的碧綠草坪、新鮮空氣，我可不想出去挨餓！」

莫利環顧了一下四周，對巴克說：「你看看周圍，住的都是和我們一樣年老體衰、貧困潦倒的人，他們要是每月拿不出十美元，一樣也得捲鋪蓋滾蛋。昨天晚上我一宿沒睡著，終於想到一個切實可行的主意。」

「什麼主意？」

莫利把望遠鏡遞給巴克，說：「你看看公寓後面的那棟

建築。」

巴克接過望遠鏡，看了看說：「那不是洗車廠嗎？」

「旁邊！」莫利不耐煩地說。

「是，銀行？」巴克驚叫著。

「對，就隔著兩條街，我們走著就能去。」

「我們？」

「是的，我們倆。我一個人做不了，需要你幫忙，你看電影裡，都是兩個人合夥搶銀行。」

「可是……我對搶銀行可一竅不通啊！」

「搶銀行沒什麼技術含量。」莫利說，「電影裡都這麼演：搶銀行的人衝進去，逼迫工作人員拿錢，然後就逃跑，乾淨俐落，一氣呵成。」

「你說得倒輕鬆，銀行裡的警衛也不是吃素的，他們也有槍！」

「不用擔心，我都計劃好了，只要照著我的計畫做，一定能成功！」

「萬一失手，被抓住了怎麼辦？」

莫利聳聳肩說：「就算失手被抓，他們又能把我們怎麼樣？我們都是七十多歲的老頭子了，還能活多久？最多不過是坐幾年牢，我們在牢裡吃喝不愁，更不用擔心每個月拿不

出十美元而被趕走。可假如我們成功了，這輩子都不用愁了！」

他從巴克手裡接過望遠鏡，一邊眺望銀行一邊說：「我仔細考慮過了，在這一帶，這家銀行是最容易下手的。這是一家小銀行，只有一個門，等到中午時，銀行門口會有很多行人，我們搶了就跑，警衛是不敢亂開槍的！」

「可我腿部有靜脈曲張的老毛病，根本跑不快呀。」

莫利不耐煩地說：「你不用跑，你走得越慢越好，這樣不會引起別人注意，如果需要跑的話，我來跑。」

巴克不屑地說：「你來跑？你的心臟受得了嗎？」

正在他們商量搶銀行的計畫時，一位白髮蒼蒼的老太太慢慢地走到他們旁邊，在長椅上坐了下來，還朝著他們點點頭。

莫利湊到巴克耳邊低聲說：「回我房間商量這事，小心隔牆有耳。」於是，他帶著巴克來到他在二樓的房間，兩人坐在床上繼續謀劃著。

莫利從抽屜裡拿出一個用黑色紙包著的長方形盒子，得意地笑著說：「剛才我不是說用炸彈嗎，這就是炸彈。」

「我看這倒像是一個鞋盒子。」巴克笑著說。莫利把臉一沉，說道：「這本來就是一個鞋盒子，不過我會讓銀行的出納小姐相信這裡面有一顆炸彈。」說完，他又從上衣口袋裡摸

出一張紙條，遞給巴克，「你看看上面的字。」

巴克沒戴老花眼鏡，他不得不瞇著眼睛，伸直手臂，把紙條拿得遠遠地看，只見上面寫著：「你好！盒子裡有一顆炸彈，把所有的錢放進口袋裡，不許叫喊，直到我離開之後，否則我就炸毀銀行，大家同歸於盡，也包括你。」

「你寫得太長了。」巴克說。「沒關係，只要她看得懂就行了。」莫利有些急了。

「好吧。現在炸彈有了，字條也有了，袋子在哪裡？」巴克問。

「我早準備好了，」說著，莫利從床底下掏出一個髒兮兮的紙袋，「今天早晨我在廚房拿的。」

巴克聞了聞，皺著眉頭說：「這是裝過魚的袋子。」

「能找到這種袋子已經不錯了，別挑三揀四的。」

「那接下來呢？」

「我先進去搶，你站在門外等候。當我得手以後，就迅速把紙袋塞給你，你步行離開現場，我則往另一個方向跑。」

「警衛會朝你開槍的。」巴克不安地說。

「沒關係，出納認為我帶著炸彈，所以她不敢報警。」

「可當你走出銀行之後，出納就會迅速報警，警衛也會追出來的。」

「那時候我已經混進人群裡了，他們不敢亂開槍的。就算警察抓住了我，我身上又沒有錢，我只捧著一個空空的鞋盒子，他們沒有證據，還能把我怎麼樣？」莫利自信地說。

「那，如果出納小姐指證你，怎麼辦？」

「你真糊塗！我可以事先化妝呀，比如貼上一撮鬍子。」莫利狡黠地說，「恐怕那時出納小姐早已被嚇得魂飛魄散，根本記不住我的模樣。」

「還有，如果你在銀行門口把錢袋遞給我時，被人發現了怎麼辦？」

「沒關係，只要我們動作快一點，不會有人注意到的。記住，你拿了錢就假裝若無其事地離開那裡，我逃脫後再與你會合。」莫利說，「人們認為老年人最多也就是小偷小摸，不會想到他們也能搶劫銀行，到時候我們混在人群裡，就像兩個中午出來散步的老人。」

巴克沒有說話。

莫利看他似乎還有些猶豫不決，就悻悻地說：「如果你不幫我搶銀行，那你就想辦法去籌措那每月多交的十美元吧！如果你交不起，那你也只能和我一樣，等著被趕出養老院流落街頭吧。」

「好吧。」巴克沉默了一會兒，終於點頭同意了。因為他實在想不出什麼好辦法去籌措每月的十美元。隨後，他們便

約好第二天的中午十二點，準時出發搶劫銀行。

　　第二天中午，吃過午餐，莫利和巴克便一前一後走出養老院大門，朝銀行的方向走去。莫利一隻手拎著空鞋盒，另一隻手攘著紙袋，快步走在前面，巴克則由於腿部靜脈曲張，一跛一跛地跟在後面。不一會，他們穿過兩條街，來到了銀行。在跨進銀行大門之前，莫利轉過頭對著巴克意味深長地看了一眼。

　　銀行大廳很安靜，人們在三個窗口前排著隊。窗口裡的出納小姐對顧客露出職業的笑容。莫利打量了一下，站到了靠近門邊的那一排。

　　這時，莫利突然感到有些緊張，心中暗想：「真奇怪！昨天向巴克解釋時，覺得挺簡單，可現在似乎不那麼簡單了。」他的手心在不停地出汗，胃也緊跟著開始抽搐起來，噢！他想起來了，原來是早晨忘了吃胃藥，怪不得這麼難受。

　　莫利甚至想打退堂鼓了，可是他又一想，今後每個月還要多交十美元的食宿費，於是就咬咬牙，打消了拔腿逃走的念頭。

　　在這個隊伍裡，莫利排第四，站在他前面的是一個身材魁梧的傢伙，擋住了他的視線。隨著隊伍的不斷前移，莫利越來越緊張不安，他兩眼不停地向兩邊張望，還不時回頭看看門外站著的巴克，只見巴克正從門邊探頭探腦地向裡面

看，一副鬼鬼祟祟的樣子。莫利心中暗暗地罵道：「真是個笨蛋！那樣會引起人們懷疑的。」

不一會，就輪到前面那個魁梧的傢伙了。莫利禁不住從側面伸長脖子打量窗口裡面的出納小姐，奇怪！只見那位出納小姐臉色蒼白，正把一沓一沓的鈔票塞進一個紙袋中，而且連數都不數！

「連數都不數？」莫利的心一下子警覺起來，他知道，按照慣例，出納員給客戶付錢時，總是要認真數兩遍，「為什麼她現在數都不數就往紙袋裡塞呢？」而且他還注意到，出納小姐的雙手在不停地發抖，連頭都不敢抬。

半分鐘後，那個魁梧的傢伙從出納小姐手中接過紙袋，不慌不忙地轉身走了。這時莫利看清了出納小姐的眼睛，那裡面充滿了驚恐和不安。他終於明白了，原來那人和他們一樣，也是搶銀行的！

「他拿走了本該屬於我們的錢！」莫利生氣地想，不知不覺地跟在那傢伙的身後。

那人急匆匆地走到銀行大門口，這時，巴克正好走進銀行，看見莫利走過來，以為他已經得手，就兩眼盯著他，伸出一隻手要接過錢袋。巴克的手恰好擋住了那個魁梧傢伙的去路，那人罵了一句，猛地推了巴克一下，巴克毫無防備，跟跟蹌蹌地摔倒了。

「媽的，把我的錢搶走了，還敢打我的朋友！」莫利心裡想著，從後面趕過去，伸出右腳鉤住那傢伙的腳踝，猛一用力，那傢伙突然失去了平衡，身體前傾，腦袋結結實實地撞在旋轉門的銅框上，頓時鮮血直流，手中的紙袋也滑落了，鈔票撒了一地。還有一把小手槍也從他的懷裡掉在地上，與大理石地面碰撞時發出了清脆的響聲。這時，銀行裡的出納小姐才從驚愕中醒來，她按響了警鈴，一位拿著手槍的警衛跑了過來。

巴克痛苦地從地上站起來，他低頭看看躺在地上的人，再看看莫利，滿臉困惑地說：「搞什麼鬼？錢怎麼在別人手上？」

「閉嘴！」莫利急忙將巴克喝止。

又是一個晴朗的早晨，空氣清新，草坪的草葉上掛著晶瑩的露珠，莫利和巴克依舊像平常一樣，悠閒地坐在長椅上。

莫利還是拿著望遠鏡眺望對面的公寓，對巴克說：「你看，她又出來了，仍然穿著比基尼。」

「我可一點興趣都沒有。」巴克說，「我全身像散了架一樣疼痛，對我這種上了年紀的人來說，那一下摔得真是不輕！」

「你是自找的，我不是叫你在門外等嗎？你為什麼進來？」莫利譏諷說。

「我是想去阻止你。你想想，我們都這麼一大把年紀了，實在不適合犯罪。」

「我可不這麼認為，我們這裡有許多有本事的人，我們可以組織一個幫會……」

「是坐在輪椅上指揮手下打打殺殺嗎？我勸你還是省省吧！」巴克無精打采地說。

「怎麼，你不相信我的身手？」莫利有點急了，「在銀行門口，要不是我鉤了那傢伙一腳，他早就逃走了。雖然我們也沒搶到錢，不過至少我們有一陣子不用擔心錢了。銀行經理告訴我，為了表示感謝，他會付百分之十的酬金，那可是一千元呢！還有，我們的故事上報了，剛才報社社長打電話說，為了表揚我們對社會的貢獻，要獎勵我們一千元！」

「哈哈，太好了，那我們就有兩千元了！」巴克笑得合不攏嘴。

「報社社長說，兩位老年人奮不顧身地阻止歹徒，真是難能可貴。其實他們不知道，我只是因為太氣憤了，因為那個傢伙把本屬於我們的錢取走了，還推倒了你，我這才見義勇為。」

「老夥計，你看，我這裡還有一千元呢。」巴克說著，從懷裡掏出一沓捆紮好的鈔票，「這是我倒在地上時，趁人不備從地上撿起來的，我們要不要把這錢退還給銀行？」

「為什麼要退回去？當時現場有很多人，誰都有可能把它撿走。」莫利說。

「可是我總覺得心裡不踏實。」

莫利想了一會，說：「這樣吧，我們先把錢留下以備不時之需，如果以後我們用不到它了，可以留下遺囑，把它退還給銀行。」

「對！那我們現在就可以安度晚年嘍！」巴克笑瞇瞇地說，「來，把望遠鏡給我，我也欣賞欣賞那個比基尼美女。」

「我建議你最好買一個新的望遠鏡，我們的視力不同，每次你用完了，我都得重新調整焦距。」莫利說。

「行，吃完中午餐就去買。」

「老夥計，買完望遠鏡後，我們下午再去海灘轉轉，那裡的漂亮女孩多著呢。」莫利興致勃勃地說。

「上帝保佑，幸虧你沒有搶銀行。」巴克慢悠悠地說。

「為什麼？」

「萬一你被逮住，監獄裡可沒有漂亮女孩看！」

夥 伴

在傑克二十九歲那年，他的企業再也經營不下去了，最後終於破產了。

一個當慣了老闆的人有朝一日成為員工，達是件很尷尬的事。但為了生存，傑克只好放下身段，向韋氏企業求職，幸運的是，他被韋氏企業駐達朗地區的辦事處主任卡爾僱用了。卡爾在韋氏企業工作了許多年，他的年齡將近四十歲。

傑克向卡爾訴說了自己企業的破產經歷，卡爾聽後很是同情，他對傑克說：「有些命中注定的事情是很難避免的，比如像死亡和納稅等；但是，有一樣東西永遠不會消失，那就是一個真正的公司。」看到傑克充滿感激的目光，他又補充說，「好好做，小夥子，你在這裡會有發展前途的，在這裡，你將重新找回信心。」

韋氏企業是個實力雄厚的集團，各地均有他們開設的子公司，所涉及的領域也很廣泛，包括房地產建設、裝飾裝修以及房產仲介交易等等。傑克聰明好學，他從卡爾那裡學到許多生意上的技巧，逐漸熟悉了如何處理產業權利登記、辦理貸款等各項業務，可以說是既為大眾服務，也為韋氏企業的老闆服務。

一晃九年過去了，傑克已將往事淡忘，尤其是那個讓他傾家蕩產的歹徒，在他的記憶中也慢慢消失了。九年來，儘管傑克並沒有賺到太多財富，但是他有穩定的收入和知心的

朋友，足以享受生活的快樂，他每個星期六都要和卡爾一起打高爾夫球，夏天，他們則一起去釣魚、游泳。

大約一年前，不知什麼原因，韋氏企業被一個從芝加哥來的人接管了，據說那個人從前曾幹過盜匪。

傑克心中感到困惑，他對卡爾說：「那個人把公司的所有權從韋氏手中拿走，會不會影響我們？」

「哦，你問這個？」卡爾搖搖頭說：「我也不清楚將來會是什麼樣子。說出來你可能不相信，我為韋氏公司工作這麼多年，就從來沒有見過大老闆，他的律師我倒是偶爾見過幾次，僅此而已。」

「聽說接替韋氏企業的新老闆康德蘇是個狡猾、歹毒的傢伙，你說說，他究竟會做些什麼？」傑克繼續問著。

卡爾略微沉思了一下，對傑克說：「你知道嗎，韋氏企業是個很賺錢的公司，我想，他們除了發展已有的業務外，可能還要借公司的合法外衣做一些非法的勾當。時代不同了，許多歹徒的非法行為常常會被掩蓋在合法的投資下。」

如果說時間可以沖淡一切，這話的確不假，傑克就是這樣，一年過去了，他就把韋氏企業已為康德蘇所擁有的事給忘記了。當然，這對於他這個普通員工來說並不重要，不過，企業的頻繁活動卻引起了他的注意，這不，達朗地區的地皮也被韋氏企業列入發展規畫，為此，專門負責影印合約

的小姐就增加到八名，她們除了本職工作外，還要負責調查那些年輕客戶的信譽。由於辦公室的人手少，他和卡爾一連兩個星期都要加班，連喜愛的高爾夫球也打不成了。

傑克的心裡很不高興，他忍不住向卡爾抱怨說：「事情那麼多，人手又這麼少，弄得我們兩個也要加班，連週末也不能放鬆一下，什麼時候才是盡頭呀？」

「等著吧，這個地區的房子賣完了，我們就不用加班了。」卡爾苦笑著說。

「你這個傻瓜！」傑克不客氣地說，「他們賣光了這一批，還會有另一批，什麼時候能賣光？對了，我聽說韋氏企業正在洽談訂購『新月峽谷』的地皮，看來最大的建築群也將在這個地區產生。」

「小兄弟，你放心吧，那塊地皮永遠也到不了韋氏企業手中。」卡爾自信地說。

他們將杯中的咖啡喝完，就分手回到了各自的辦公室。

星期一早晨，當傑克處理完手頭一份檔案，從辦公桌上抬起頭時，發現卡爾正臉色蒼白地站在他身後。

「你？」

「我剛才接到康德蘇的電話，他要我立刻到他的海濱別墅去。」

「他要見你？別開玩笑了，你又沒做錯什麼！」

「我也奇怪呢。」卡爾憂心忡忡地說。

卡爾走後，傑克心神不寧，一直在辦公室裡等候。過了很長時間，卡爾才回來，他趕緊迎上前詢問情況。

「我想，我可能是要升遷了，哦，再等幾天，就會知道的，我……嗯……嗯，這幾天就不在這裡了，可能週末才能回來，傑克，你就自己處理這裡所有的事情吧。」卡爾吞吞吐吐地說，然後就慢慢轉身走開了。

看著卡爾離去的背影，傑克心裡想：「升遷是好事，他應該高興才對呀，怎麼這副樣子？再說了，他的升遷對我也有好處，我就可以替補他的位置了。」

週五那天，等傑克再見到卡爾時，他大吃一驚，幾天不見，卡爾的模樣幾乎讓人認不出來了，不僅更加蒼老、憔悴，而且神情也顯得緊張不安。

「卡爾，你怎麼了？」傑克急切地問。

「噢，沒什麼，我，只是不太舒服，我們星期一再見吧。」卡爾勉強地說。

星期日，傑克給卡爾打電話，問他的身體怎麼樣了，卡爾回答說好了一點。

星期一，他們一上班就各自忙碌著，也根本沒有機會說

話，這時，傑克也接到了一個意外的電話。

「我是康德蘇，」聽筒裡傳來一個低沉的聲音，「馬上到我的海濱別墅來。」傑克以為還是找卡爾的，就用手捂著聽筒，扭頭看看卡爾是否在他的辦公室裡，「噢，我是傑克，我看看卡爾在不在……」

「別找了，我要見的是你，傑克！」康德蘇低沉著說，並告訴了他別墅的地址。

「卡爾不在辦公室，一定是溜到外面去了，這個傢伙！一個大老闆，要見我這個無名小卒做什麼？」傑克一邊駕車朝海濱駛去，一邊在心裡嘀咕著。

很快，他就按照地址找到了面對海灣的一幢巨大房子，在一位僕人的帶領下，來到一間四面都鑲嵌著彩色玻璃的書房，隔著玻璃，他看見碼頭上拴著的一條私人遊艇。

書房的吧檯後面坐著一個人，身板溜直，披著一頭黑髮，傑克知道，他就是康德蘇，雖然聽別人說他已經六十多歲了，但實際看上去並不顯老。當傑克走進來的時候，他一直用機警的雙眼上下打量著。

「你來了，請坐吧！」他嗓音低沉地說，「先來杯啤酒怎麼樣？」然後，他指著正在書桌旁收拾檔案的一個中年人對傑克說，「他是我的律師，名叫尹文斯。」

「你好！」傑克禮貌地朝尹文斯點了點頭，尹文斯也很客

氣，不一會，尹文斯就匆匆收拾好檔案告辭了。

當傑克回過頭時，他看見康德蘇正把一杯啤酒放到他面前，自己則倚靠在櫃檯上，傑克離康德蘇的臉很近，可以清楚地看到他的濃黑眉毛和厚厚的嘴唇。

「傑克，我注意觀察了，你很適合做一個辦事處的主管。」康德蘇微笑著說。

「哦，是真的嗎？先生。」傑克差點以為自己的耳朵聽錯了，他一臉喜悅，端起酒杯喝了一小口，他沒想到，自己這樣一個小嘍囉居然也能被康德蘇知道，因為韋氏企業有規定，凡是人員升遷，都要由各單位的主管通知，他確信康德蘇從來沒有見過自己，而今天竟是這位大老闆親口對自己說。

「我檢視了你九年來的工作紀錄，是很優秀的。」他似乎怕傑克不相信，對傑克一直笑著，「我還知道，你以前是個企業主，後來遭人陷害破了產，對不對？」

傑克吃驚地瞪大眼睛，「真是見鬼，我的過去他怎麼了解得這麼清楚，誰告訴他的？」

「傑克，我今天叫你來，是想讓你看看尹文斯律師留在桌上的那份買賣合約，是給我們倆的，去，仔細瞧瞧。」

傑克看了康德蘇一眼，站起身走到桌子前，那是一份購買整個「新月峽谷」地皮的合約，是三年前簽訂的，價值僅是現值的十分之一。他不明白這是什麼意思。

康德蘇招手讓傑克坐回到吧檯前，他說：「你看清楚了吧，這塊地皮對韋氏企業來說非常重要，但是現在業主想反悔，所以……我，直說吧，我知道你是那時的公證人，如果蓋上你的印章的話，業主就無法反悔了，不過，你得簽上三年前的日期才行。」

「我知道，」傑克點點頭。直到這時他才恍然大悟，原來康德蘇是想非法使用他的公證人印章。如果這樣的話，那麼康德蘇可能對卡爾也提出了同樣的要求，當然這只是猜測。

傑克坐在那裡，十年前的一件令人痛心疾首的往事又浮現在腦海裡：那時，自己是一位公證員，一天，有位客戶到自己那家小保險企業投保出售房屋，並且還把妻子帶來了，客戶要求對他和妻子簽署的協定進行公證，自己此前並不曾見過那位客戶的妻子，只是聽客戶個人介紹，就輕信了，在公證書上簽字蓋章，後來才知道，那個女人根本不是客戶的妻子，所以沒過多久，自己就遇到麻煩了，那位客戶真正的妻子來了，她要求給予八千元的補償，理由是由於自己的公證，使她一半的房屋產權被非法出售了，接下來，有關公司追索損失的錢，結果自己不得不把全部的家當拿出來進行賠償。

想到這裡，傑克內心的隱痛又湧現出來，他告誡自己絕不能重蹈覆轍。

「對不起，我不能在合約上簽署過期的日期，那將會使我一直良好的工作紀錄受到影響。」傑克說。

「我知道。不過，我們如果把整個記錄重新登入到另一本登記簿上，再按照時間順序，把三年前的那份買賣契約插到裡面，不就解決時間問題了嗎？」

「這個康德蘇的鬼點子真多！」傑克明白，他說的辦法是可行的，因為只有把登記簿填滿後，才可以往州政府寄，有時填滿一本要花五六年的時間。

「怎麼樣？傑克，」康德蘇盯著他說，「你是個聰明人，只有好好合作，才對我們雙方都有好處，否則的話……」說著，他的手在空中用力一揮。

康德蘇為了讓傑克相信這件事會做得天衣無縫，又告訴他，尹文斯律師可以確保法律上沒問題，他知道所有的細節、要領和程序，不必擔心被捲入到法律糾紛中去。

「機會就在眼前，做還是不做？」傑克面臨著抉擇：如果按照康德蘇說的做了，自己就會得到金錢、地位；如果不做，就會丟掉飯碗。再有兩年，自己就到四十歲了，而且還有可能……他彷彿又看到康德蘇揮舞的那隻手了。

「傑克，你要想清楚，」康德蘇看著他的表情，平靜地說，「我喜歡合作的人，你已經知道這件事的來龍去脈了，我想，你應該明白我的意思了。」他注意到傑克的嘴角在動，就

趁熱打鐵，「你不會吃虧的，兩倍薪資，怎麼樣？」

「嗯，」傑克終於點頭同意了。他覺得，這一次受害的肯定不會是自己。但遺憾的是，他想錯了！他不知道這正是一場噩夢的開始。

後來，受害者將「新月峽谷」地皮的事鬧到了法庭，因為這樁經濟糾紛牽涉到一千兩百萬元鉅款，比傑克猜想的要高出二十倍，也引起了社會各界的關注。

傑克作為證人被傳喚出庭，當法官看到他出示的含有三年前買賣產權一項的記錄時，宣判韋氏企業贏了這場官司。原告的律師怒視著他，憤憤不平的受害者揮舞著拳頭，抗議法官的不公，但是法官卻一臉嚴肅，他憑證據辦案，完全合法。當傑克離開法庭時，他看見尹文斯在朝他眨眼睛。

現在，傑克接替卡爾成了達朗地區辦事處的主任，薪資是原先的兩倍。卡爾則被調到了洛杉磯的辦事處。

傑克很懷念過去和卡爾一起打高爾夫球的快樂時光，曾幾次打電話約卡爾，但都被對方婉拒了，傑克不甘心，有一天又拿起了電話。

「喂，是卡爾嗎？我們見個面吧！」

「我有點事，還是改天吧！」

「別，卡爾，我們午餐時一定要見見面。」

「嗯，好吧。」卡爾在傑克的堅持下，只好同意了，他們約定在餐廳見面。

傑克先來到餐廳，沒過多久卡爾也來了，他對侍者說：「給我來杯咖啡就行了。」

卡爾在傑克對面坐了下來。傑克看到他兩眼通紅，面容憔悴，神色很難看。

「你不應該那樣做。」卡爾說。

「我做了什麼？誰告訴你的？」

「我不需要有人告訴，其實新月峽谷地皮買賣的事我早就知道了，還是在韋氏企業轉到康德蘇手裡之前。」卡爾說，「傑克，難道你真不知道嗎？我太了解了，那關係到幾百萬元，你也被牽涉進去了！」

「那，你也被康德蘇要求過做偽證嗎？」傑克問。

「嗯，但是我沒答應，我有推託的理由，因為我的舊公證登記簿早寄到州政府了，新的才剛開始用，我告訴他，三年前的日期我無法偽造。」

「那麼，我有五年前的登記簿也是你告訴他的了？」

「是的，我不得不說。」卡爾一臉無奈。

「你為什麼不早點告訴我？」傑克氣憤地站起來，指責卡爾說。

「我也想早點告訴你，可他們的消息太靈通了，我實在沒辦法。他們之所以把我調到洛杉磯辦事處主任的位置，就是為了籠絡我，堵住我的嘴，當時，我真盼望著他們能在你這裡碰釘子。唉！沒想到。」卡爾痛苦地低下了頭。

　　「唉！我也是被他們軟硬兼施，」傑克深深地嘆了一口氣，「康德蘇一下子說要解僱我，甚至……一下子又引誘我，說我們合作會有好處，還要給我加薪。」傑克說到這裡，停頓了一下，喝了口咖啡，突然冒出一句，「卡爾，我們倆合作怎麼樣？這樣康德蘇他們就不會對我們有什麼威脅了。」

　　「什麼？」卡爾吃驚地望著傑克，過了片刻，他才聲音顫抖著說：「傑克，你是個很容易陷進別人圈套的人。」他端著的咖啡杯都差點掉到地上，「有件事，我從來沒有對你說過，你還記得那個分管貸款的安東尼嗎？」

　　「當然記得，他不是在度假時意外跌落山谷摔死了嗎？」

　　「沒錯！不過，你大概還不知道，在他死之前，我們曾一起吃過午餐，」卡爾回憶起當時的情景，「當時，安東尼顯得很緊張，也很憂鬱，他告訴我，這些年他為康德蘇做了不少事，所以才被提拔到主管貸款的職位。過去在芝加哥時他就替康德蘇做事，康德蘇非常陰險狡詐，有一套能逼迫善良人陷入他的圈套的方法，而當這些人一旦落入圈套，他就……」

「就把他們除去！」傑克說話的聲音很大。

「噓！小聲點。」卡爾趕緊做了個手勢示意著，他接著說，「不，他們不會那樣做的，而是利用那些人的把柄，去逼他們做更可惡的事！」卡爾喝了口咖啡，把杯子放下，「傑克，你真以為安東尼是死於『意外』嗎？」

「難道？他跌落進山谷，你當時也在那裡度假呀，難道，你……」

「你呀，」卡爾站起身，拍了拍傑克的肩膀，「小心點，也許……我該走了。」

自從和卡爾見面後，傑克就處於一種莫名的煩躁不安中，對於他的主管位置也有些厭煩了，還有，辦公室的那些女孩子總有問題，還要費神處理她們的問題，他覺得非常麻煩。慢慢地，不知什麼緣故，他竟然變得有些神經質，害怕黑暗，對周圍的車輛也特別敏感。

三個星期後，傑克又接到康德蘇的電話，仍要他到海濱別墅去。

當傑克走進康德蘇的書房時，看見他正暴跳如雷地大發脾氣，書本、杯子散落一地，藍色的航海帽也被扔到一邊，一見到傑克，他就大聲吼道：「你這個笨蛋！廢物！」

「我……」傑克一時不知所措，呆呆地站在那裡。

「你那本舊登記簿是怎麼處理的？」他的拳頭重重地砸在

桌子上。

「我，我把它當做廢紙扔到公寓後的垃圾桶裡了。」

「你真是個笨蛋，為什麼不燒掉？」

「燒？去哪裡燒呀！」

「見你的鬼去吧！現在好了，它到了甘地手中！」康德蘇越說越氣，臉漲得通紅，就像一頭發瘋的野獸。

「甘……甘地？他是誰？」傑克心裡怦怦亂跳，陽怯地問。

「他是個芝加哥的黑幫成員，他想敲詐我們一筆！」康德蘇用手向吧檯後面一指，「你看，那面鏡子，甘地在鏡子後面裝了竊聽器，他知道這間書房是我處理機密事件的地方。雖然後來竊聽器被我發現了，不過，我們那天土地產權買賣的談話都被錄下了。如果甘地把談話錄音送到法庭，我們就全完了！」

聽到這裡，傑克的臉都嚇得變色了，他顫聲問：「那……那該怎麼辦？」

康德蘇喘了口氣，繼續說：「光有錄音帶在法庭上還不能作為充分的證據，那本登記簿才是最有力的證據。你可倒好！你隨意地把登記簿丟到垃圾桶裡，那不就等於送給他們了嗎？你知道嗎？你的住處也被甘地監視了！現在兩樣證據都落到甘地的手裡了！」

「可是，你事先並沒提醒我呀。」傑克一臉委屈的樣子。

「嗯，是呀！」康德蘇嘟囔著說，「尹文斯律師說，如果不想辦法的話，你就可能坐二十年的牢，我倒無所謂，大不了繳納一筆鉅額罰金，可你就慘了，不論你怎樣辯解，你也無法說清偽造登記簿來謀求職位升遷這件事。必要的時候，我只能把你丟去做代罪羔羊了。」康德蘇說完，臉上現出一絲狡詐的笑容。

傑克這時徹底看清了康德蘇的嘴臉，他簡直要氣瘋了，高聲喊道：「卑鄙！我要去見我的律師！」

傑克的發怒讓康德蘇吃了一驚，他馬上變了個臉色，溫和地說：「噢，別激動，你還有選擇餘地，要杯酒嗎？」

「要！」傑克氣急敗壞地吼道，他知道，自己已經陷進了圈套，他們以偽造「新月峽谷」證據為把柄，開始逼自己了，卡爾說得一點沒錯。他猛地坐到椅子上，氣呼呼地說，「什麼餘地？」

「好，這才叫識時務。傑克，選擇餘地肯定有，不過要看你有沒有膽量，敢不敢『做』了他！」

「殺了他？」

「噢，不，我可沒那樣說，我只是在想，如果能讓甘地永遠閉嘴，那麼一切都會平靜的。」

停了一會兒，他問道：「聽說你高爾夫球打得很好，是

嗎？」傑克點點頭，他不準備多說話，想看看康德蘇有什麼高招。

「如果在打高爾夫球的時候，一個球突然飛向甘地的腦袋，那應該算是個『意外』吧？」

康德蘇果然是個歹毒的傢伙！

「我可以狠狠地拋個球，但拋得準不準，我可沒把握。」傑克說，

「這你不必擔心，」康德蘇冷笑著，「甘地喜歡到山谷俱樂部打高爾夫球，那個俱樂部完全在我的控制之下。我可以把你帶進去，你可以在那裡找機會下手。」

「真要用高爾夫球殺他？我有點不相信。」

「當然不是，你用球桿把他打死，然後偽造成被球擊中的假象，明白嗎？」康德蘇有些不耐煩了，「別絮叨了，這個『意外』的主意是我花了很多錢購買的，你快作準備吧！」

「我還得想一想，究竟做不做！」傑克說。

「那好，我給你一個小時的時間，你可以坐到遊艇上去考慮，我在這裡等你，不過，你別忘了，如果你坐二十年牢的話，出來時可就鬢髮斑白了，去吧！」康德蘇說完，就把身子斜靠在椅子上，悠閒地閉目養神了。

傑克坐在遊艇上，進行著激烈的思想鬥爭：「做還是不做

呢？他想到甘地也是個無惡不作的歹徒，這裡有不少人都被他傷害過，自己現在也受到他的威脅。又想到卡爾瀕臨精神崩潰的慘狀，如今自己幾乎也和卡爾一樣了，今後的日子怎麼過呢？還想到是否應該向警方自首，可又擔心會被康德蘇滅口……傑克思來想去，覺得始終都逃不掉一個死，最後，他還是決定賭一賭自己的運氣。

山谷俱樂部是私人開的，面積不大，人也不多，對進去活動的人員有著嚴格限制。傑克去觀察了兩次，發現甘地喜歡一個人在俱樂部後面的球場練習打高爾夫球。球場位置非常偏僻，林木茂密。

傑克檢視好地形之後，認為害人的方法天衣無縫，就努力說服了自己，按照康德蘇的計策，殺掉甘地。這天，康德蘇的手下帶著他進入山谷俱樂部的高爾夫球場。他拿著一根高爾夫球桿走進了球場，在他的口袋裡，還裝有一隻高爾夫球，那是擊倒甘地後，用以偽造殺人現場的工具。

傑克隱藏在茂密的樹林中，靜靜地等候著下手的機會。

機會終於來了！

傑克看見場地裡只有甘地一個人在練習打球，他迅速觀察了一遍四周，發現這裡除了自己和甘地外，再沒有第三個人。於是，他用左手拿著球桿，向甘地所在的方向擊出一個球，然後假裝過去撿球，悄悄地朝甘地的方向走去。等他來

到甘地身後時，他又觀察了一下四周，確信沒有人後，他就揮起球桿，朝著甘地的右太陽穴上狠狠一擊，甘地連一聲慘叫都沒有喊出來就倒在了草地上。傑克迅速蹲下來，撿起那顆球，在甘地的傷口上蘸了一些血，然後放在一邊，偽裝成是這個球擊到甘地頭上，又滾落下來的樣子。他摸了摸甘地的胸口，已經沒有心跳了，於是趕緊把球桿上的血跡擦掉，轉身向樹林邊跑去。他來到汽車旁，又轉身目測了一下場地和甘地倒地的位置，是從第四個洞或第八個洞擊出的球使甘地喪了命，這是一個非常合理的「意外」！當然事實也是如此。

很快，傑克從收音機裡聽到一則快訊：據悉，一位芝加哥黑幫成員 —— 甘地，在山谷俱樂部高爾夫球場意外死亡。聽到這裡，他趕緊把收音機關掉，然後漫無目的地開了好幾個小時的車，天很晚了才回到住的公寓。這時，他無法承受良心的譴責，就一杯接一杯地喝酒，最後竟然發現自己的手在不停地顫抖，他好不容易才爬到床上，但怎麼都睡不著，只是茫然地凝視著天花板。

「天哪！我究竟做了什麼？」傑克對著自己大喊大叫，他想再喝一口酒，但看到酒杯就噁心得要吐，他想打開電視，可是已到了十點多鐘，也沒什麼好節目了，他在空蕩蕩的屋子裡搖搖晃晃、轉來轉去，這時他才知道了什麼叫「魂不守舍」。

十一點鐘時，門鈴聲響了，他突然冒出個想法：「最好是警察，我要自首！」

　　原來是康德蘇站在門口，看到傑克這副樣子，他嗤嗤地笑了，拍拍傑克的肩膀說：「別這樣，振作些！」說著，就隨傑克進了屋。

　　「你做得很好！」康德蘇誇獎說。

　　「我，我心裡不舒服。」傑克愁眉苦臉地說。

　　「噢，我理解。」康德蘇說著，將傑克推到沙發上，他也在旁邊坐下來，「你希望那不是你做的，對不對？」他看到傑克點了下頭，就又說，「我理解你的心情，這沒關係，我這個人是從不會讓第一次出手的人對自己的行為感到後悔的。」

　　「什麼，第一次？」傑克驚異地看著康德蘇。

　　「別緊張，以後，你就不會對第一次殺人感到內疚了，要知道，什麼事情都有個習慣過程，比方說我，這些年就經歷得多了。」康德蘇說這些話時，平靜得就像在看風景。

　　「還讓我幹這種事？你難道瘋了不成！」傑克的臉色很難看，憤怒地站了起來。

　　「哈哈！」康德蘇放肆地笑著點燃一支菸，用力吸了一口，又吐出一串漂亮的菸圈，笑瞇瞇地看著傑克，眼中閃爍著興奮的光芒。

傑克看著康德蘇的神情，內心五味雜陳，他很難相信這樣一位有錢有勢的大老闆會光臨自己的住所，更難相信自己剛剛為他殺過一個人，他甚至懷疑那個甘地是不是對他有威脅？否則甘地怎麼能接近他的海濱別墅，裝上竊聽器呢？卡爾說他是個容易上圈套的人，看來還真被他說中了。

　　「你在想什麼？是下一個陷進圈套的人嗎？」傑克平靜地問。

　　「噢，一個身心疲憊的人，一個也許送你去坐牢的人，不管你現在想什麼，我想這才是最重要的！」康德蘇瞇著眼睛說。

　　事已至此，傑克無可奈何了，他不得不承認，自己已經成了康德蘇的獵物，從偽造那份產權買賣合約開始，康德蘇就讓自己陷了進去，接下來，他又用荒謬的臆測，誘騙自己行凶殺人，使自己完全墮落，成了一個道道地地的歹徒，這就是他設計的一個圈套！

　　「可是，我和甘地並沒有瓜葛，對不對？」傑克無奈地說。

　　「怎麼認為那是你的事。」康德蘇漫不經心地說，「不過，我可以告訴你他是誰，包括這樣做的原因，你想聽嗎？」

　　「誰？」

　　「卡爾，你該不會陌生吧？」

「卡爾?」傑克大吃一驚,他做夢也沒有想到居然會和卡爾扯上關係,「不,不可能!卡爾是個安分守己的人,絕不會做那種事!」

「你錯了!傑克,每一樣都有關係!原先要幹掉甘地的並不是你,而是卡爾,但是他在球場待了兩天,沒有膽量下手。」

「你胡扯!我了解卡爾。」

「別做夢了!你知道卡爾都做了些什麼嗎?你辦事處的帳目都被他和安東尼做了手腳,即使他們做得天衣無縫,也逃不過我的查帳員的眼睛。」

傑克沉默了。過了片刻,他搖搖頭說:「即使有人盜用公款,也是安東尼做的,不會是卡爾。」

「嗯,你說得也許正確,不過我坦白地告訴你,從帳目上看,根本不像安東尼挪用的公款,倒像是卡爾挪用的。」

「可是安東尼已經死了。」

「猜猜,誰最有可能幹掉他呢?」

「啊?不會是……卡,卡爾吧?」傑克雙腿發軟,險些癱倒在地上。

「真聰明!你知道嗎,那是一場精彩的『意外』!」康德蘇頗有些得意地說,「沒錯,我是對卡爾說過,安東尼以他的名

義挪用公款，這項罪名足以讓他坐十二年牢，如果想保全自己，唯一的辦法就是讓安東尼永遠閉嘴！所以才會有他們一起去『大峽谷』度假，安東尼是被卡爾推下去的，但在別人看來是安東尼自己跌落下去，『意外』死亡。自那以後，卡爾就惶惶不可終日，簡直像被嚇破了膽。如果他能振作起來，解決甘地也不是什麼難事。」

「所以，你才又找我解決甘地。」

「完全正確！噢，順便再說一句，如果你讓卡爾也徹底消失，那麼，你的年薪就是兩萬五千元，公司董事會也會有你一個位置。傑克，你是我信賴的人，怎麼樣？」

「我不明白，為什麼要讓我除掉卡爾呢？」

「總得要有人去做嘛！」康德蘇又往傑克身邊靠了靠，關切地說，「傑克，我實話告訴你，危險已經迫在眉睫了——最近卡爾的情緒很差，我擔心他的精神快要崩潰了。如果那樣的話，他一定會向警方自首，供出甘地被殺的事情，甚至還會把有關你的情況告訴他們。如果不是為了你的安全，我是絕不會讓你向朋友動手的，我倒沒什麼事，尹文斯律師會為我指點所有相關法律問題的，警方也不會把我怎麼樣，可是你就不同了，因為你……」

「行了，你就說我怎麼做吧！」傑克不耐煩地打斷他的話。

「好小子！」康德蘇咧嘴笑了，「用獵槍殺掉他，你現在就到卡爾家去，記住走後門，他熟悉你的聲音，解決後就馬上離開！」

「警察如果知道我是他的好朋友，一定會調查的。」傑克有些擔憂地說。

「沒關係，殺掉卡爾之後，你只需迅速返回我的海濱別墅就行，僕人們都放假了，我和尹文斯可以為你作證，你整個晚上都在那裡，這件事我們已經計劃好了，你就放心吧！」

「那，我上哪裡找獵槍呢？」

「我都準備好了，就在汽車裡，我們下樓去拿。」

傑克和康德蘇一前一後下了樓，康德蘇小心地從車裡取出一個用毛毯裹著的東西，傑克打開一看，是一支非常棒的小口徑獵槍。

「小心，獵槍已經上膛了。」康德蘇提醒道。

「我去取件外套，然後就出發。」傑克說。

康德蘇拍了拍傑克的肩膀，什麼話也沒有說，就鑽進汽車走了。

傑克蹬蹬蹬地爬上樓梯，進了公寓，衝著廚房大喊：「卡爾！」他知道卡爾一定在廚房，因為他早先曾給卡爾打過電話，讓他過來。以前卡爾來時，總是從後面的樓梯上來，那

樣就可以把車停在傑克的車庫旁。當傑克推開廚房門時，看見卡爾正面容慘白地站在那裡。

「卡爾，剛才你聽到我和康德蘇的對話了嗎？」傑克焦急地問。

「都聽到了，他按門鈴時，我正好從後面的樓梯上來。」卡爾聲音顫抖著說，「我現在該怎麼辦呢？簡直成了一團亂麻！傑克，我為了不讓你陷入他們的圈套，曾告誡過你，可是如今……唉！」卡爾嘆了一口氣。

「安東尼真是你推下山谷的嗎？」傑克望著神魂不安的卡爾問道。

「嗯，」卡爾點了點頭，痛苦地閉上了雙眼。過了好一會兒，他才喃喃地說，「安東尼陷害我，我氣憤極了，於是就對他暗中做了手腳，但是過後我……」

「卡爾，不必說了，」傑克打斷卡爾的話，「我的櫃子裡也有一支獵槍，我想，我們唯一的出路就是去海濱別墅。」

「海濱別墅？」卡爾驚訝地望著傑克。

「對！」傑克冷笑一聲，「如果我沒猜錯的話，海濱別墅除了康德蘇和他的律師尹文斯外，不會再有其他人，而且我們的事也只有他們兩個知道，乾脆殺掉這兩個卑鄙的傢伙！」

卡爾點頭同意。

於是，他們將兩支獵槍放到車上，就像兩名外出執行任務的軍人一樣，信心十足地向海濱出發。

　　「傑克，你說康德蘇身上最致命的弱點是什麼？」卡爾問道。

　　「什麼？」

　　「他身邊沒有像我們這樣的鐵桿朋友，或者說至交。」

　　「是啊，除了朋友間的真摯外，他可以說服一個人做任何事情。」

　　凌晨三點鐘，他們來到海濱別墅，卡爾上前按了按門鈴，康德蘇剛打開門，就被傑克用槍逼回到書房，尹文斯律師不在。

　　「尹文斯在哪裡？」傑克問他。

　　「見鬼去吧！」康德蘇狠狠地瞪了他一眼。

　　「上樓去！」傑克向卡爾做了個手勢，就朝樓上跑去，他打開臥室的燈，把睡得迷迷糊糊的尹文斯拽起來，「你？」還沒等對方明白是怎麼回事，傑克就一槍結果了他，獵槍的槍口冒出一股青煙。

　　緊接著，傑克就聽到樓下傳來第二聲槍響，他跑下樓，發現卡爾正示意他快走，他瞥了一眼躺在血泊中的康德蘇，就拎著槍和卡爾快速衝了出去。

汽車一直開到五十里外的一座橋上，他們才停下，把兩支獵槍扔到河裡，然後兩個人扶著橋欄杆，默默地望著流淌的河水。

　　「傑克，我們週六一起去山谷俱樂部打高爾夫球吧？」卡爾首先打破沉默，問道。

　　「哦？」傑克先是詫異地看了看卡爾，緊接著就哈哈大笑道，「好主意！我想不出任何理由拒絕你的邀請。」

　　「傑克，那週六八點鐘我來接你。」

　　「好的。」

　　一週之後，在新出版的《週日社會新聞》上，刊登了這樣一則報導：「一名男子在山谷俱樂部高爾夫球場打球時，被球意外擊中太陽穴，不治而亡。」

龍捲風

對於生活在海邊的人來說，龍捲風是一種災難，但是在某些特定的場合，龍捲風也會有著令人意想不到的好處。

　　這是一個炎熱的下午，氣溫高達 32 攝氏度，空氣潮溼得彷彿都能擠出水來，一片寧靜中蘊含著一種令人不安的氣氛。有經驗的老人們看到這種天氣，不禁心中暗暗叫苦，他們知道，這是龍捲風即將到來的先兆。因此，各家商舖提前打烊，人們都紛紛回到家中，緊閉門窗，躲進地下室，懷著惴惴不安的心情等待龍捲風的到來。

　　果然，沒過多久，天空變得一片漆黑，緊接著一個個炸雷，大雨傾盆，霹靂狂閃，可怕的龍捲風終於光臨了這座海濱小鎮。龍捲風所到之處，一些不堅固的房屋建築紛紛被摧毀，電線桿和樹木也被吹得七扭八歪，一輛行駛中的小轎車來不及躲避，竟被硬生生掀翻，轎車裡的人生死未卜⋯⋯

　　大約晚上九點鐘，外面的風雨小了一些，可人們還是躲在家裡不敢出門。

　　凱倫也在家裡聽著半導體收音機播放的音樂，由於龍捲風破壞了輸電線路，她家唯一的光亮就是一盞煤油燈。這時，她彷彿聽到院子裡傳來汽車的聲音，心想：「在這樣糟糕的天氣裡，誰還會出門呢？」她懷疑自己是不是聽錯了。

　　突然，房門被人「砰」地一腳踹開，兩個持槍的男人衝了進來，其中一個高個子用槍頂著她的腰部，大聲喊道：「別

動！屋裡還有其他人嗎？」

雖然凱倫的身材也比較高大，但她畢竟是女人，面對持槍的歹徒，她被嚇呆了。但她很快就鎮定下來，搖了搖頭說：「就我自己。」

「好，你現在可以坐下，把手舉起來放在頭頂。」

凱倫照辦了。

高個子男人環視了一下屋內，然後對他的同夥 —— 個頭稍矮、年紀較輕的人說：「喬尼，你去檢查一下裡屋，看有沒有人，別讓她把我們給騙了！」

喬尼迅速搬來一張桌子頂住房門，然後拿著槍在裡屋仔細地搜查了一番，他對高個男人說：「放心吧，沒有人，我們安全了！」

高個男人鬆了一口氣，他走到凱倫身後，用手槍頂住她的頭，問：「妳叫什麼？」

「凱倫。」她努力使自己保持平靜，因為她知道，這個時候如果有任何多餘的舉動都會對自己不利。

「妳家還有什麼人？他們在哪裡？」

「這不是我的家，是我父母的房子，他們外出了，我來幫他們打掃環境，結果被暴風雨困在了這裡。」

「妳是做什麼的？」

「教師，在鎮上教書。」

「我們現在迷了路，本來我們行駛在 B 公路上，可是洪水把橋梁沖斷了，我們不得不走小路，於是就到了這裡。告訴我們，怎樣才能回到 B 公路上？」

「你們從房子後面的那條路一直向前走，就可以到 B 公路了。」

「很好！」高個子男人笑著說，「順便問一句，妳知道我們是誰嗎？」

「你們是？」

「我是加洛克，他叫喬尼，我們都是昨天剛剛越獄出逃的犯人，現在全國的警察都在追捕我們。」他囂張地說，絲毫不感到恥辱，反而覺得這是一件值得炫耀的事情。

凱倫大驚失色，因為她剛剛還從收音機的廣播裡聽到：昨天有兩名犯人從州立監獄逃跑，其中一個是殺人犯，另一個是強姦犯，而且他們在逃亡的路上，還劫殺了一名司機和一位行人。想不到，這兩個傢伙居然跑到自己家來了。

這時，加洛克拿著槍對凱倫吼道：「快把家裡的錢拿出來！」

「我父母出去時，沒有留太多錢，我身上只有一點零錢。」凱倫囁嚅著說。

喬尼把凱倫身上的零錢搜走了，隨後又走進裡屋繼續搜。不一會兒，他走了出來，手裡拿著一個相框，對加洛克說：「沒有錢，但我發現了這個。」

　　那相框裡是一張退了色的照片。照片是少女時代的凱倫和一對中年夫婦的合影，照片中的男人身穿警服。

　　「這是妳爸爸？他是個警察？」加洛克問。

　　「是的，」凱倫說，「可他現在不是警察了，他在一次執行任務時受了傷，後來就退休了。」

　　「妳父母去哪裡了？」

　　「他們去德克薩斯州的一個集市去買賣古董了，要下個星期才能回來。」

　　「古董？」

　　「是的，我爸爸喜歡收集古董，所以他的退休金都用來買古董了。喏，屋裡擺放的就是他的收藏……」

　　加洛克拿起煤油燈，藉助微弱的燈光環視四周，果然，房間內的陳設不像農舍，倒更像一個小小的陳列館 —— 牆上掛著許多油畫，架子上擺滿了瓷器和玻璃器皿。再看看房間裡的桌椅板凳，也是些年代久遠的古舊家具。

　　「嗯，妳不愧是警察的女兒，妳的冷靜讓我非常佩服！」加洛克讚賞地說，「今天早上的那個女人就差遠了，她的尖叫

聲幾乎能讓全世界都聽見，所以我只好讓她永遠閉嘴了……」

「我尖叫也沒用，因為最近的鄰居離這裡也有三千公尺。」凱倫盡可能讓自己保持平靜的語氣。

這時，喬尼已經把房間翻得亂七八糟，牆上的畫被弄得東倒西歪，許多珍貴瓷器也都被打破了，凱倫看到這一幕感到非常心疼，可她也無可奈何。

「如果龍捲風再來的話，妳家有可供躲避的地下室嗎？」加洛克問。

「有，就在廚房的地板下面。」

喬尼急忙走進廚房，打開了地下室的門，拿著煤油燈向裡面照了一下，喊道：「下面雖然不太好，但還可以將就。」

這時，加洛克突然想到，凱倫的父親曾經當過警察，也許有槍，於是急忙問：「妳家的槍放存哪裡了？」

「閣樓上的一個箱子裡有兩支獵槍、一把霰彈槍和兩把左輪手槍，箱子鑰匙在我爸爸身上，如果你們要，可以把箱子砸開。」

「很好，我們離開時會取走的。」加洛克滿意地說。

「你們走的時候，如果遇到了龍捲風，要趕緊下車躲避，否則留在車裡是很危險的。」凱倫急切地說。

其實，她說這些話是為了轉移加洛克的注意力，因為，

在她的房間裡還有一把槍她剛才沒有提到，那是一件古董——一把年代久遠的雙管獵槍，就掛在餐廳的壁爐架上。

表面上看，那只不過是一件只能裝飾用的古董槍，但事實上，它裡面卻裝填了子彈，而且隨時可以擊發。父親曾告訴過她，那把槍是用來救命的，因為父親當警察期間得罪了不少壞人，那把槍就是用來防備他們前來尋仇的。

不過，獵槍掛得位置太高，她不得不踩在一把椅子上才能搆到，而眼下，兩名歹徒正死死地盯著她，她根本沒有機會爬上去取，所以，她只能盡量不讓歹徒發現那把獵槍。

加洛克果真沒有注意到壁爐架上面的古董槍，他說：「我們已經一整天沒吃東西了，妳做點飯給我們，我倒要嘗嘗警察女兒做的飯是什麼滋味，哈哈！」

兩個歹徒一邊喝著啤酒，一邊監視著凱倫做飯。

「你們兩位沒見過龍捲風吧？」凱倫問。

「它是什麼樣的？我們都在內陸長大，從來沒有見過。」加洛克說。

於是，凱倫向他們描述了兩年前發生的一次龍捲風的情形：「……它好像一個碩大無比的黑色的菸斗，能將一切東西吞進去……沒有人能描述龍捲風的內部是什麼樣，我想那裡面一定是一個黑黑的、飛速旋轉的地獄，據說那轉速像子彈一樣快……龍捲風能把木頭、玻璃撕碎，那些碎片會像子

彈一樣打進你的頭⋯⋯」

喬尼似乎感到非常不安，他下意識地瞥了一眼窗外，外面依舊暴雨如注。

「龍捲風到來的時候，待在房間裡是不是很危險？」喬尼問。

「當然，所以我們這裡家家戶戶都有地下室，當龍捲風襲來時，我們就提前躲到地下室去。」凱倫解釋說，「不過還好，每次龍捲風襲來之前，收音機裡都會播放警報，而且龍捲風的聲音大得驚人，當它接近時，人們都可以聽得見。」

「那是一種什麼樣的聲音？」喬尼又問。

「嗯⋯⋯就像火車聲，我曾近距離地聽過那種聲音。」凱倫說，「當時還是在地形開闊的田野裡，龍捲風發生時，我無處躲避，正巧看見路旁有條水溝，我急忙滾到溝裡，將身子緊緊地貼在溝底，這才僥倖撿回一條命。你知道不幸被龍捲風捲走的人會怎麼樣嗎？人甚至會被捲到幾公里外的地方，然後從高空落下來，摔得粉身碎骨⋯⋯」

「夠了！」加洛克打斷了凱倫的話，顯然，龍捲風已經讓他感到恐懼，「不要再談這個話題了！」

凱倫做好了晚飯，兩個歹徒狼吞虎嚥地吃了，起來。加洛克一邊吃還一邊打量著屋內，有好幾次，他的目光都從那把古董獵槍上掃過，在那一刻，凱倫的心幾乎提到了嗓子

眼，不過萬幸的是，加洛克並沒有注意到那把槍的存在。

　　吃完了晚飯，加洛克在客廳裡繼續看著凱倫，喬尼則爬上閣樓，從箱子裡取出了槍支。這時，加洛克獰笑著對凱倫說：「現在我們吃飽了飯，也拿到了槍，妳不再有利用價值了，我們得把妳除掉！」

　　儘管凱倫心裡非常恐懼，但她也很清楚，自己必須盡可能地拖延時間。於是，她盡量保持著微笑說：「你們是在和我開玩笑吧？我一直很配合你們，而且，我也沒有反抗，如果你們擔心我會去報警，可以把我帶走，何必要殺我呢？」

　　「反正我們不能讓妳活著，否則妳會把我們的行蹤洩漏給警方的。」

　　「那你們把我鎖在地下室裡，我絕對不會報警的。」凱倫懇求說。

　　「嗯，也好！但我們會讓妳永遠出不來！」加洛克想了想，又說，「當妳父母從外地回來時，已經太晚了，哈哈！」

　　這時，凱倫突然轉頭凝神傾聽著窗外的聲音：「且慢，你們聽到了嗎？」

　　「聽到了什麼？」加洛克和喬尼幾乎同時問道。隨即，他們的臉色變了，「難道……難道那是……」

　　是的，他們三人都聽到了一種聲音：開始很遠，可是在逐漸逼近……

那是一種類似火車飛速行駛的聲音……

凱倫急忙站了起來，大聲喊道：「我不管你們了，我要先到地下室去！」說完，她向廚房衝去。但喬尼的速度更快，他一把將她推到一邊，搶先衝進了廚房，加洛克不甘落後，也緊跟著喬尼跑了進去。當兩名歹徒正在廚房掀地下室的木板時，凱倫卻轉身跑向餐廳，她踩在一把椅子上，從高高的架子上取下獵槍，然後背靠著牆壁，高舉著獵槍，對準了兩名歹徒……

第二天凌晨，凱倫呆呆地站在門口，看著警察和醫生把兩具屍體抬上了救護車。一位警察走過來安慰她說：「我理解妳的感受，儘管這是正義的，但殺人總是一件很可怕的事。不過，如果妳不殺了他們，妳就會死去。」

「我知道，當時我別無選擇。」

「不過，妳是怎樣從那兩個亡命之徒的眼皮底下拿到槍的呢？」那個警察好奇地問。

她淡淡地一笑，說：「當時，他們正要跑進地下室躲避龍捲風，所以我就幸運地拿到了槍。」

「可是，昨天晚上十一點鐘，龍捲風並沒有再出現啊？」

「因為我曾經告訴他們，龍捲風的聲音聽起來就像是一列疾駛的火車，而在我家附近有一條鐵路，每天晚上十一點，都會有一列火車準時駛過……」

漏 洞

最近幾個月，達爾文食品連鎖店的董事會發現了一個令人費解的現象：每個月，連鎖店第 66 分店的帳目上都會出現幾千元的虧空。董事會立即派副總經理柯文前來調查原因，可是柯文調查了好久，卻一無所獲。66 分店的虧損依舊，卻絲毫查不出漏洞在哪裡，無奈，柯文只好請來有名的大腦袋偵探伯德前來幫忙。

伯德調查了好幾天，似乎也沒什麼結果，這下柯文有點著急了，他決定找伯德好好談談。

柯文坐在辦公室裡，打電話給他的祕書：「那個大腦袋偵探今天到底什麼時候來？」

「他快到了。」祕書說。

「他來了以後直接讓他進來見我，順便你再把 66 分店昨晚的帳目也拿來給我看看。」

過了一會兒，祕書小姐帶著伯德偵探走進了柯文的辦公室，同時她還抱著一個牛皮紙袋，那裡面裝的是 66 分店的經營帳目。

如果單憑長相，很難把伯德的相貌和私人偵探連繫起來，這是一個和藹的小老頭，身材矮胖，腆著啤酒肚。絲毫沒有偵探的氣質，反倒容易給人一種中世紀神父的印象。

柯文沒有與伯德寒暄，而是開門見山地說：「伯德先生，你接手這件事已經好幾天了，似乎一點眉目都沒有，我想請

你告訴我，我還需要等待多久？」

「親愛的柯文先生，」伯德露出他那特有的和藹笑容，說，「請你稍安勿躁，每過一天，我們就距離事實的真相更近一步，不是嗎？」

「你少敷衍我！伯德先生，你覺得這套說辭在董事會和總經理面前能說得通嗎？」柯文有點惱火了，「我告訴你，他們可不吃這一套！66 分店每個月都莫名其妙地損失好幾千元，而你和你的手下卻找不到解決之道……你們該不會是在偷懶吧？」

「我覺得你應該相信我們，我們對 66 分店的各個經營環節都進行過徹底地檢查，而且每天我們都做出一份詳細的調查彙報。」

「是的，你的每份報告都很詳細，也很及時，但我要的是結果，結果！懂嗎？」柯文大為光火，「你們查來查去，什麼結果都沒有，最後我們還要向你們支付調查費！請你們來查，是為了給我們堵住漏洞，結果你們反倒給我們另開了一個漏洞！」

伯德大笑著說：「實話告訴你吧，這件事已經有了眉目。好吧，為了讓你放心，你先派人把 66 分店的平面設計圖拿來，我再慢慢解釋給你聽。」

柯文急忙命令祕書去拿平面圖。

在祕書出去的這段時間，伯德拉過一把椅子舒舒服服地坐了下來。柯文也為自己剛才的急躁行為感到有些後悔，他拿出一支長雪茄，遞給伯德，並朝他歉意地笑了笑。

「不，謝謝！我不抽菸。」伯德說，「假如你這裡有酒，我倒是很樂意喝一杯。」

「很抱歉，在辦公時間我不喝酒。」柯文說。

柯文指著桌上的牛皮紙袋說：「66 分店近期的帳目全在這裡，截至昨天的經營資料都包括在內，你要不要看看？」

但伯德卻閉上了眼睛，彷彿睡著了一般。

「難道你不想看看我們的經營資料嗎？」柯文大聲地說，看來他又有點生氣了。

「噢，我在聽呢，你唸給我聽吧。」伯德閉著眼睛說。

柯文只好壓著心中的火氣，唸給伯德聽：「從我們最新的統計數據來看，這週我們損失最多的是冷凍火雞，0.29 元一磅。」

「真巧，昨天我也買了一隻冷凍火雞。」伯德插話道。

「請你別打岔，聽我說。總之，月初的時候我們向 66 分店運了 1,500 隻冷凍火雞，如果全部賣掉的話，預計應該回款 6,525 元……」

「好的，繼續唸下去！」伯德的眼睛還沒睜開。

柯文狠狠地瞪了他一眼，沒好氣地繼續唸道：「可是，從店中的 12 臺收款機的記錄來看，這個月我們賣出了 1,332 隻火雞；而倉庫裡的紀錄卻顯示，所有的火雞都賣掉了，一隻也不剩！」唸到這裡，柯文禁不住問：「伯德先生，你不覺得這很蹊蹺嗎？」

「嗯，問題很明顯，這表示有 168 隻火雞沒入帳。」伯德緩緩地說。

「對！有 168 隻火雞雖然被『賣』掉了，可是卻沒有收到錢。我懷疑，是不是有人偷走了 168 隻火雞？」

「這很容易解釋。」

「哦？那我倒想聽聽你的高見，究竟是什麼人能偷走 168 隻火雞而不被店裡的保全發現？」柯文反問道。

這時，伯德睜開了眼睛，不慌不忙地說：「等會祕書小姐拿來平面圖，一切就真相大白了！」

柯文用詫異的目光打量著伯德，說：「難道，你已經知道誰是小偷了？」

「是的，幾乎從一開始，我們就知道誰是小偷了。」

「見鬼！那你們當時怎麼不把他揪出來？」柯文氣憤地說。

「我們可以一開始就把他揪出來，但那樣一來，我們就沒有辦法知道他是如何下手的了。想想看，他能連續不斷地每

個月都從 66 分店偷走幾千元，而且是在眾人的眼皮底下做的，我都對他的詭計很好奇，難道你不好奇嗎？」

「那你好歹告訴我，這個小偷究竟是誰呀？」柯文不耐煩地說。

「66 分店的經理。」

「特文森？」

「對！」伯德點了點頭說，「就是他監守自盜。」

「這不可能！特文森在公司已經服務了將近二十年，而且半年前，公司還指派他開設了第 66 分店並出任經理，他怎麼可能是小偷呢？」

「要知道，在金錢的引誘下，什麼事都是有可能發生的。」

「可是，特文森在自己管轄的分店裡監守自盜，這難道不是在自毀前程嗎？」柯文還是不敢相信。

「所以，他採用了一種極其巧妙的方式，神不知鬼不覺地從店中盜取資金。」伯德嘆了口氣說，「當董事會發現苗頭不對時，他早已竊取了大筆的錢，準備另立門戶了。我敢斷言，要不了幾個月，他就會遞上辭呈，然後開創自己的事業。」

這時，祕書小姐拿著平面圖進來了。

伯德站起來，將 66 分店的平面設計圖鋪在柯文的辦公桌上，他端詳了半分鐘，然後抬起頭笑著說：「果然不出我所料，特文森就是採取了這種方法，最簡單，也最聰明。」

　　「什麼方法，快講給我聽聽！」柯文著急地說。

　　「其實，我之所以發現特文森是小偷，還是從你的話中得到的啟發。」伯德笑著說。

　　「我的話？」

　　「你曾告訴過我，66 分店有 12 個櫃檯……12 臺收款機……」

　　「對啊，你看，平面圖上明明白白地畫著呢？有什麼不對嗎？」柯文疑惑地說。

　　「從平面圖上看，的確是有 12 個櫃檯和 12 臺收款機，但是，昨天上午我也買了隻冷凍火雞，當我在櫃檯前排隊付款時，我無聊地數了數櫃檯的數目，結果驚訝地發現：66 分店實際上有 13 個櫃檯和 13 臺收款機！我當時就明白漏洞出在哪裡了。原來，特文森在籌劃開設 66 分店時，他為自己偷偷地增設了一個櫃檯 —— 一個在平面圖上根本不存在的櫃檯。」

　　「啊？」

　漏洞

律師的太太

當妻子向他提出離婚時，他呆呆地站在那裡，好久都沒緩過神來。

　　「難道你心裡有了其他男人了？」他問妻子。

　　「不，我只是不想再當家庭主婦了。」她說，「我想過自由的生活，也許以後我們還會再見面，但我們已經不是夫妻了！」

　　很快，他們就辦好了離婚手續。

　　她收拾好了行李，搬到城郊的一處單身公寓去住了。

　　妻子的離去讓他感到無比沮喪 —— 一個大男人，居然被毫不留情地拋棄了！

　　在妻子走之前，他說盡了好話，想把妻子挽留住，甚至拋棄了男人的尊嚴，跪下來求她，但都無濟於事。說實在的，那時他的心情很悲涼，覺得自己就像一堆被剝下的香蕉皮，失去了一切價值，被妻子隨手丟進垃圾桶一樣。

　　隨著時間一點點流逝，漸漸地，他把對妻子的愛變成了滿腔的怨恨，最後又變成了刻骨的仇恨。若是換了別人，也許會選擇報復，可他卻永遠不會，因為他根本就不是個有信心、有主見、積極主動的人。其實在相當程度上，妻子也是因為這一點才離開他的。

　　自從妻子走後，他因為心中憂鬱和焦慮，患上了嚴重的失眠症，每個夜晚，他都輾轉反側，噩夢連連。

這天晚上，他在安眠藥的幫助下才昏昏睡去。可是到了凌晨三點，他突然被什麼東西驚醒，但這次不是做噩夢，而是脖子被頂住了一個冷冰冰的東西 —— 冰涼的槍口。

　　「起來！」一個男人的聲音。

　　他被嚇得手腳發軟，但迫於那個男人槍口，他只好從床上爬起來。

　　「進去！」那個男人在背後連推帶拉，將他推進客廳，又一把推到沙發上，然後順手打開了電燈。

　　在明亮的燈光下，他看見那個男人的手槍上裝有消音器，無論從槍的外形還是光澤來看，顯然那是一把真傢伙。他被嚇得大氣也不敢喘，不知不覺間，身上的冷汗已經打溼了睡衣。

　　「可憐的傢伙！」那男人見他被嚇成這副樣子，輕蔑地說，「你的冷汗都能灌滿一個游泳池了！」

　　「你，你到底是誰？」他的聲音微弱得像蚊子叫。

　　「你的仇人！」

　　他被弄得一頭霧水，自己平日從不與人結怨，哪裡來的仇人？他稍微定定神，仔細端詳著眼前的這個男人，只見他身材高大、臉色蒼白、黑頭髮、黃眼睛、亂蓬蓬的絡腮鬍子，臉上浮現出一股強烈的恨意。

「不，先生，我想我們之間可能有點誤會，」他的聲音提高了八度，「我從來就沒見過你，我們根本不認識！」

「誤會？我可不這麼認為！」那個人惡狠狠地說。然後從身上掏出一根尼龍繩，緊緊地捆住他的手腕，捆好之後，還用力地勒，讓繩子深深地嵌進肉裡。他疼得大叫了起來。

「叫吧！拚命叫吧！這裡是郊區，方圓半里之內沒有住家，即使你叫破了喉嚨也不會有人聽見！」那人獰笑道。說著，又用另一根繩子捆住了他的雙腳。

「好吧，既然你說和我有仇，要殺要剮，悉聽尊便！」他忽然冒出一句從電影裡學來的豪言壯語。

「想死？沒那麼容易！」那男人凶狠地說，「我不會便宜你的！」

他被捆得結結實實，絲毫都動彈不得，更不用說反抗了。其實，即使手腳沒有被捆住，在這種情況下，他也絕不敢有反抗之念。這並不是因為那個男人手裡有槍，主要是他本身就是個懦弱的男人，甚至在他太太面前，他的懦弱本性也一覽無遺。

那個男人坐在他對面的沙發上，蹺著二郎腿，看著自己的獵物。

「克萊爾，你的沙發很軟，看來你的日子過得不錯啊！」他說，「寬敞的房子，考究的裝飾。告訴你吧，我是在公用

電話簿上查到你家住址的 —— 郊區的楓樹街 10624 號。沒有人知道我到你家來，而且我也敢保證，沒有人看見我離開你家……今晚，我要欣賞一下你生不如死的樣子，你知道嗎？為了這一天，我足足等了五年，五年……」

「先生，你在說什麼？我一點都不明白，你弄錯了吧？」他一臉迷惑地說。

「你給我閉嘴！別耍花招了！」那個男人用槍指著他的頭，「你以為監獄是人待的地方嗎？」

死到臨頭，他突然變得鎮定了，看目前的情形，自己已然無法逃脫，大不了就是一死，索性死前把事情弄個明白。於是他大聲辯解道：「冤有頭，債有主，你蹲監獄與我何干？」

「想不到你這麼健忘啊！」那個男人咬牙切齒地說，「五年前，我的罪名是持槍搶劫，被投進了監獄。當我在那個陰冷惡臭的監獄裡苦熬時光的時候，我唯一的精神支柱就是我的妻子 —— 她還在獄外等待著我回去。可是，後來我收到了妻子的來信，她說在一位名叫克萊爾的律師幫助下，她要與我離婚，那一刻，我的腦袋就像一個被扎破的車胎一樣爆開了花，我恨不得馬上了斷自己的性命，不過，我很快又找到了一條活下來的理由 —— 就是讓你的腦袋也爆開花！」

「所以，你出獄後按圖索驥，在電話簿找到了克萊爾？」

「是的，律師克萊爾先生，正是你幫助我的妻子與我離婚，讓我在這個世界上變得一無所有！」那個男人憤怒地說，「你說，這筆帳我難道不該找你算算嗎？」

「唉，我們是同病相憐啊！」他愁苦地說，「我的妻子也剛剛離開了我，她把我拋棄了！」

「是嗎？真遺憾，那要怪你自己不好。」那個男人譏諷道，「而我呢？我的債只能找你償還了！」說著，就用手槍開始瞄準。

「等一等，先別開槍，聽我把話說完！」，他著急地說，「自從被妻子拋棄之後，我和你一樣，無時無刻不在想著報仇的事。我妻子總嘲笑我是個懦夫，她辱罵我、打我，甚至讓我跪在地上朝我吐口水，前不久，她離開了我！」

「好哇，現在你也嘗到了被人拋棄的滋味！」那個男人用槍指在他的兩眼之間，「你的牢騷發完了吧？如果發完了，我可要開槍了。」

「等一下，我最後想說的是，我妻子的名字就叫克萊爾！」

那個男人臉上的表情僵住了，他把手槍慢慢下垂，移到了他胸口的位置，「快說，這究竟是怎麼回事？」

「是這樣的，」他說，「我的妻子叫克萊爾，在我們家，裡裡外外都是她說了算，我和她並不是丈夫和妻子的關係，

而是奴隸和主人的關係。在家裡我沒有接電話的自由，所以，電話簿上登記的是她的名字 —— 克萊爾，職業是……律師。」

那個男人聽得目瞪口呆，手裡的槍也漸漸地垂了下來，「這麼說，你的妻子……」

「沒錯，是我的妻子幫你的妻子打贏了離婚官司，」他說，「我叫克里特，是個作家，有身分證為證。我和你素不相識，你若是殺了我，那就是錯殺好人了……」

「好吧，我可以不殺你，不過你要把你妻子克萊爾現在的住址告訴我！」那個男人又用槍頂住了他的頭，命令道。

「好，好。」

那個男人走了大約三十分鐘後，他還沒有弄開手腳上的綁繩。

這時，他突然想到，自己可以先挪動到電話機前面，用被捆住的雙手摘下電話，再請接線生幫忙接通克萊爾家，提醒她警惕。

可他轉念又一想，也許還是應該先挪動到廚房去，用菜刀把繩子割斷，然後再打電話豈不更快？他不知該怎樣做，必須要好好想一想……

他真希望自己是一個有主見的人，因為克萊爾正是由於這個原因才離開他的。

開車到克萊爾的公寓大約四十分鐘，留給他思考的時間
已經不多了。

羅賓漢的故事

露伊絲、吉姆和我三人圍坐在一張寬大的餐桌邊，盡情地享用著浸汁螃蟹、生菜沙拉、剛出爐的法國麵包和特選的白葡萄酒。這滿桌的美味佳餚都是由我忠實的僕人福特準備的，他平時只服侍我一個人，至於原因嘛，很簡單，因為這三人中只有我還是光棍。

　　我們邊吃邊聊，話題當然離不開我們的組織 ——「除惡社團」，我們都覺得在這樣豐盛的午餐中，談談社團的生意是件很有趣的事情。

　　不遠處，福特正朝我們走過來，他穿著時尚，尤其是那菲律賓人特有的黝黑面孔上堆滿了笑容。他來到餐桌旁，彬彬有禮地問道：「今天的菜怎麼樣？」

　　「噢，棒極了！」吉姆以他特有的低音稱讚說，「真沒想到，你的烹飪技巧越來越高了，嗯，味道非常好。」

　　「這麼說，是真的不錯了？」福特笑瞇瞇地反問道。

　　「那當然了。」坐在一旁的露伊絲點點頭說，她那似波浪一般的滿頭金髮也隨之擺動了起來。

　　「簡直太好了！」福特似乎體會到了成功的快感，他對我們笑了笑，就轉身興沖沖地返回廚房，我望著他那一溜小跑的樣子，相信一定有情婦在等候他，因為只有愛情的力量才會這麼巨大。

　　等福特的背影消失後，我將白蘭地倒進杯子裡，然後對

吉姆和露伊絲說：「好了，還是繼續我們的話題吧，露伊絲，妳先說說。」

「好吧。」露伊絲不慌不忙地掏出那個隨身攜帶的精緻小巧的菸嘴，把一根紙菸塞了進去。一旁的吉姆趕緊用一個銀質打火機為她點上菸，別看吉姆是個高大、粗獷的傢伙，長著一頭灰褐色的頭髮，但他卻紳士風度十足，很會討女人喜歡。

露伊絲深深地吸了一口菸，又緩緩地吐了個菸圈，然後將她從社團那裡得來的消息告訴了我們。

「騙局，完全是一連串的騙局！主角都是些醉鬼和人壽保險。」她憤憤地說。

「該不會是那種受益人的事吧？」吉姆皺著眉頭問道，臉上還充滿著一股厭惡的神情。

「你猜對了，正是像你說的那樣。」露伊絲面無表情地說。

在我們三人中，露伊絲是個時裝設計家兼藝術家，吉姆是個律師，而我則是個投資公司的老闆。露伊絲和吉姆一樣，在事業上也非常成功，不過她有一個顯著特點，就是外表雖然溫和，但內心卻非常冷酷，尤其是在執行「除惡社團」交給的任務時更是如此，即使她臉上掛著迷人的微笑，但卻無法掩飾她內心對那些惡徒的憎恨，就像美洲眼鏡蛇一般的冷酷。

「僅僅為了幾瓶酒，一個酒鬼就能讓供酒人成為他保險單上新的受益人，看來酒精的作用真是太令人難以置信了。」我搖搖頭說，「一旦供酒人確認保險單是有效的，而且知曉有人繼續支付保險費，那麼那個酒鬼就離一命嗚呼的日子不遠了。」

「沒錯，」露伊絲朝我點了點頭，「只不過在這個案子裡，事情才顯得更加殘酷，這個傢伙的酒精能讓酒鬼乖乖地聽命於他，並且把他們的保險單神不知鬼不覺地弄到手。」她停頓了一下，接著又說：「你們知道嗎，那些酒鬼都是想方設法將保險單從家裡偷出來的，他們只顧沉湎於酒精中，棄家庭於不顧。而他們的妻子卻毫不知情，繼續支付著保險金。她們根本想不到要去檢查一下保險單，即使當酒鬼命喪黃泉時，她們也不會知道保險金早已落入他人之手。」

「這個傢伙真可惡！」吉姆搖晃著他的大腦袋氣憤地說，「為了獲取不義之財，他竟然做這種傷天害理的事情。露易絲，有多少人遇害？」

「到目前為止是五個，而且死法都一樣，都是醉倒在路旁時被擊中頭部的。」她平靜地說。

「這個渾蛋！」吉姆用拳頭重重地擊打著桌面，他的眼中冒出憤怒的火光，「如果不是血淋淋的事實，我無論如何也不敢相信他竟然殘忍到如此程度。」

「警方現在已掌握了多少線索？」我問。

「猜想他們了解得還不如我們詳盡。」她說。

「是嗎？那麼你快詳細說說。」耐不住性子的吉姆急促地問道，他那棕色的眼睛閃動著光芒，恨不得一下子就把那個傢伙扭到跟前。

「你先別急嘛。」露伊絲看了吉姆一眼，又喝了一口酒說：「那五個遇害的人都是五十歲左右的男性，他們都是不可救藥的酒鬼，他們死後，家庭頓時陷於困境，其中一家的兩個小孩得了重病，但卻沒有醫療費救治，還有一家的孩子資質很好，但他的母親長期臥病在床，他不得不放棄學業，小小年紀就要出去賺錢養家，因為，他們所有的保險金都落入到一個人手中了。」

「是誰？」吉姆的吼聲嚇了露伊絲一跳。

「利思，是街上一家酒店的老闆。」

「利思？他是不是知道自己成為保險單的受益人了，就坐等那些愚蠢的傢伙下地獄了？」吉姆問。

「噢，不，我們的情報並不是像你說的那樣。」露伊絲微笑著搖了搖頭。

「難道是他自己動的手？」吉姆瞪大眼睛，呼吸也急促起來。

「這樣說也未嘗不可。」露伊絲聳聳肩，「那些酒鬼在一個月前就把保險受益人的名字改成了利思，現在他們全都死了，而且是在同一個月裡接連被打死的，受益人當然就是利思了，只不過警方目前還不知道這個事實，當然，他們不久就會發現的，如果……」

「如果，」我打斷露伊絲的話，「如果我們在警方調查取證之前，把那筆不義之財取回來，交還給那些可憐的遺屬，這才是我們的任務。」

「對！」吉姆再也坐不住了，「你快說，我們該怎樣行動？」

露伊絲也默默地注視著我，他們二人似乎在說：巴衛，該你拿主意了！是的，因為我的職責就是「策劃」，但我必須要好好想一想。

我沉思著，就像每次做一項股票投資那樣，先設計幾個方案，然後再細細甄別，最後將最有利的那個方案告訴他們。

吉姆看著我這副樣子很是吃驚，他怎麼也不習慣一位西裝革履、文質彬彬的股票炒家，竟然會拿出一個大膽賭徒的計畫，但最後他還是點頭同意了，並表示堅決執行。

「太精妙啦，巴衛！」露伊絲也禁不住興奮地跳起來，在我臉上輕輕地吻了一下。

我們的計畫開始了。

第二天晚上，我和吉姆坐在汽車的後座上，由露伊絲駕駛朝著第三街附近的停車場開去。

一路上，露伊絲絲毫不敢違規，她擔心如果因為什麼事被阻止的話，我們的偽裝就會被識破，甚至還可能會見諸報端，那樣一來我們的計畫就泡湯了。

空氣中瀰漫著濃濃的霧氣，路燈和汽車燈都模糊不清。我們抵達停車場時，發現這裡和我們預計的一樣，不僅光線很暗，而且有一半車位是空著的。黑暗中，我們似乎看到有一個人影躺在場地的末端，一動也不動，好像是一個醉鬼。

「巴衛，我們走吧！」吉姆邊說邊打開車門。

「好！露伊絲，記住鎖好車門，萬一……」我囑咐著。

「放心好了，」說著，她調皮地做了個鬼臉，「我這樣一來，他們就會被嚇走的。」隨後便響起了銀鈴般的笑聲。

「你呀！」我和吉姆都笑了，心裡對露伊絲擁有走鋼絲的勇氣很讚賞。

「吉姆，你都準備好了嗎？」我問。

「沒問題。」吉姆朝我展示了一下，我發現吉姆這時簡直可以以假亂真了：他的嘴巴上黏著假鬍子，兩隻眼睛紅彤彤的，那是先前點過藥水的緣故，身上穿著一件髒兮兮的夾

克，走起路來東倒西歪，簡直就是一個十足的醉漢。

吉姆朝我笑了笑，然後就搖搖晃晃地從停車場走上人行道，他來到一個路燈下，朝著我含混不清地喊道：「快點，夥計！」我自然也是一身醉漢的裝扮，聽到吉姆的喊聲，便也學著他的樣子跟跟蹌蹌地追過去。

短短五分鐘，我們就到了利思的酒店，當我們推開店門時，立刻傳出一陣叮叮噹噹的鈴聲，那是告知店主有顧客來了。

酒店裡的燈光有些刺眼，照得人很不舒服，我們想那可能是為了防止小偷竊酒。

櫃檯後面站著一個矮小、禿頂的人，一雙眼睛正從厚厚的鏡片後面注視著我們，這個人就是利思。

「喂，你們兩個聽著，如果打破一瓶酒，我就把你們送到監獄裡去！」他的聲音粗野而煩躁，就像惡狼嚎叫一樣。

「你！」吉姆搖晃了一下身體，趁機抓住櫃檯的一角，紅彤彤的眼睛怒視著利思。

「怎麼，你沒聽懂嗎？快說你要什麼，付了錢就趕快滾出去，可惡的酒鬼！」利思喝斥道。

「我……酒！」我迷迷糊糊地說。

「交錢。」利思大聲說。

我和吉姆一邊搖晃著身子，一邊揮舞著手臂，為付錢的事開始和他爭論起來，但利思是個不折不扣的吝嗇鬼，他始終堅持一口價，絕不妥協，最後吉姆不再和他爭吵，而是將身子靠上去，對他耳語一番。

　　「你說什麼？是誰給你出的這種餿主意？」利思的眼睛立刻在近視鏡片後面猛眨。

　　「噓，小聲點，丹仁。」吉姆含糊地說出一個名字，那是露伊絲告訴我們的。這時，利思的神情已經大為改變，他吸了一口氣，重新上下打量著我和吉姆。

　　「是老丹仁，我們有段時間沒有見過他了，不過，他告訴我們你為他辦理過，也能為我和我這位朋友辦，怎麼樣？」

　　「哦，原來是這樣。」利思說，接著他又悄悄問：「多少？」

　　「一萬。」我伸出一個指頭說。

　　「什麼種類？」

　　「普通的。」

　　「你們兩個都是？」

　　「沒錯！」我說。

　　利思不再多問了，他轉身從櫃檯裡取出一張紙，迅速寫了幾個字，然後將紙條塞進吉姆那骯髒的夾克口袋裡，揮揮

手不耐煩地說：「快滾！到保險公司去把你們的名字改成紙條上的名字，只有當我看到改過的單據時，我才會相信！」

第二天的同一時刻，我和吉姆又來到利思的酒店，這次露伊絲也來了，她故意打扮成那一帶最下賤女人的模樣：鮮紅的假髮扣在頭上，嘴唇塗著濃厚的唇膏，就像滿口鮮血一樣，雙眼也用黑黑的眼睫毛膏塗著，紅色的毛衣下面不知墊著什麼東西，讓人看起來顯得臃腫肥大，黑色的長褲膝蓋處還磨得發了白。

露伊絲和我們進入酒店後，故意搖擺著臀部，見到利思正在看她，就報以一個嫵媚的微笑，並款款地向他走去。

「這個女人是幹什麼的？」利思目不轉睛地看著露伊絲，顯然是在判斷著她的職業。

就在利思注意露伊絲的時候，我和吉姆走了過去，將「社團」為我們準備好的兩張偽造的保險單塞給他，於是，利思的注意力便離開了露伊絲，兩眼盯著保險單看了半天，直到他確信自己已成為新的受益人時，才滿意地點點頭，並小心翼翼地將保險單收好。

「來，喝酒！」利思將櫃檯上的兩瓶劣質酒推開，又取出來一瓶，我想，如果沒有那兩張保險單的話，昨天晚上他肯定會把這兩瓶酒賣給我們。

「太好了！夥計，一起喝！」吉姆興奮地說看。

利思不懷好意地看了我們一眼，又從裡屋拿來兩瓶十分流行的波恩酒，分別遞到我和吉姆手上，站在一旁的露伊絲垂涎欲滴地看著酒，並衝我們做了個鬼臉，吉姆看了她一眼，沒有說話，我也只是暗暗向她做了個手勢，讓她保持沉默。當我和吉姆拎著酒瓶搖搖晃晃地向酒店前門走時，利思卻轉身朝後面的儲藏室走去，趁他不注意，吉姆快走了幾步，用力把前門拉開又關上，讓門鈴響了兩次，然後再把門鎖上，我則把窗戶上的牌子翻過來，露出了「打烊」兩個字。

　　一切都停當後，我和吉姆、露伊絲三人悄悄來到利思的房間，此時利思正跪在他的小保險箱前，對外面發生的一切都不知曉，他在專心地轉動密碼，慢慢把保險箱打開。

　　「別動，否則子彈可不長眼睛！」吉姆以他那特有的低沉嗓音警告說。

　　利思被身後這突如其來的聲音驚呆了，他僵僵地跪在那裡。我走上前去，說：「利思老闆，別緊張，現在請你站起來，把身子轉過來。」

　　利思只好乖乖地站了起來，當他轉過身子看到是我們時，頓時驚愕地張大了嘴巴，鏡片後的兩隻眼睛在不停地眨巴，他又低頭看了看保險箱，似乎準備用腳將它關上。

　　「利思老闆，如果是我的話，可不會像你那麼傻，居然用腳去換一顆致命的子彈。」露伊絲甜蜜地笑著說，手裡還擺弄

著一支小手槍。

利思狠狠地瞪了露伊絲一眼，他又看了看我和吉姆，無可奈何地說：「你們簡直是瘋了，說吧，你們要怎麼辦？」

「我們就是瘋了！」吉姆粗聲粗氣地說，「站到一邊去！」說著，他繞過利思走到保險箱前，彎腰取出裡面的鈔票，遞給我，「夥計，數一數。」我點點頭，「只有一半，不過沒關係，那一半我們也會找到的。」我看了看利思。

「不可以，你們拿的是我的錢呀！」利思聲音顫抖地說。

「你的錢？你是怎麼弄來的？」我厲聲問道。

「是我辛辛苦苦開店賺來的！」

「或許也可以這麼說，殺人也不易，對嗎？」我一臉譏諷的神情。

「我聽不懂你在說什麼。」

「別再演戲了，利思老闆。」我說，「難道你不懂丹仁、莫理斯、亨利、哈德和遜斯嗎？」

他頓時呆住了。

「我們也差點成了你的第六個和第七個冤魂！」我說，「只是這次讓你失望了，你大概還不知道吧，我們給你的保險單是偽造的，是由我們社團提供的，那五個被你騙的人換名後，你就把他們全給殺掉了。」

「我沒有！」利思狡辯著。

我不再理會他，轉身對露伊絲說：「報警，就用他的電話打電話給警方。」說著，我從腰間抽出手槍，露伊絲向前面櫃檯的電話機走去。

「不是我，我沒有殺害他們！」利思尖叫著。

「既然不是你，那麼是誰？快說！」吉姆威脅著。

「我……我不敢說。」

「那好，謀害五條人命的罪名就由你獨自承擔了，要知道，謀財害命的罪過可不輕。露伊絲，趕快去打電話吧。」我催促著。

「不要打！」，利思幾乎帶著哭腔說，「如果我告訴了你們，即使我關在牢裡，也會被他們殺掉的，他們有組織，是個非常嚴密的組織……」

我看了看吉姆手中的鈔票，問利思：「錢數不對呀，應該有五萬，可現在只是兩萬五，那一半呢？你和什麼人對分啦？是不是你僱凶殺人面對我一連串的追問，利思默不作聲，只是一直地搖頭。

我朝吉姆和露伊絲做了個手勢，示意他們先到房間門口去，而我則一邊用槍對著利思，一邊慢慢退到門口，靠近吉姆和露伊絲，低聲向他們說了我的計畫。

「我同意。」露伊絲微笑著點點頭。

「吉姆,你的意見呢?」我問道。

「沒問題,我們就這樣做吧!」吉姆也表示贊同。

我轉向利思,對他說:「喂,利思,我們談談條件好嗎?」

「條件?」利思疑惑不解望著我。

「很簡單,就是打個電話給你的朋友,告訴他又有兩條魚上鉤了,並且把我們的位置也告訴他,其餘的事就由我們來料理了。」

「這對我有什麼好處呢?」腦瓜活絡的利思立刻提出了抗議,「如果你們失敗了,他們就要找我算帳,會認為我是你們的內應,而你們呢,仍然會說我是共犯,或者說我僱人行凶,那時我會是怎樣的下場呢?」

「噢,你多慮了,我們是不會失敗的。」我平靜地說,「我們只想知道那個凶手是誰,並且要逮住他,讓他得到應有的懲罰,如果他被處以刑罰,你也就不用擔憂性命的安全了,至於你自己,我想無論如何你也免不了要坐一陣子牢,如果你肯合作的話,我保證你不會坐太長的時間,請相信我。」

「可,可是那些錢呢?」利思追問著。

「這好辦,我把它留下來就是證據!」吉姆微笑著把錢放

進了口袋。

「你們謀劃得太周密了，為什麼不給我任何選擇的機會呢？」利思近乎絕望地狂叫著。

「利思，別著急，我們留了一個機會給你。」

說著，我用手指了指櫃檯上的電話機。利思似乎明白了我的意思，他緊皺眉頭，若有所思地在考慮著，過了一會兒，他問道：「如果我那樣做了，你們用什麼方法對付他呢？」

「那就是我們的事了，你只要告訴他出酒店的後門，向南到第三街去就行了。」我說。

利思別無選擇，只好向前面櫃檯的電話機走去，我為了防備他搞鬼，就持槍跟在他的後面，最後停在了儲藏室的門邊。

利思開始撥電話了，他先是壓低聲音和對方說了幾句，然後又聆聽了一會兒，還連著答應了幾聲，最後掛上了電話。我相信他不敢搞鬼，就示意他回到房間裡。

「那人是什麼模樣？你描述一下。」

「個子很高，」利思回憶著說，「他平時總喜歡穿一件黑色皮夾克，頭髮是金黃色的，右側面頰上有一條疤痕。」

「他手裡有什麼武器？」一旁的吉姆插嘴問道。

「一根棍子。」利思說。

「不用問了，吉姆，這些就足夠了，我們現在就可以行動了。」接著，我又轉身對露伊絲說：「我們把利思就交給妳了，記住，無論如何都不能讓他溜掉！」

「沒問題，你們去吧！」露伊絲笑著說，並把那支小手槍頂在了利思的背後。

我和吉姆各自從櫃檯上拿了一瓶酒，然後朝著酒店後門走去。儘管我們故意裝出一副醉態，步履蹣跚、搖搖晃晃，還不時發出幾聲怪笑，但我們的大腦卻是異常清醒，對周圍的風吹草動和任何聲音都十分敏感。有趣的是，一路上我們居然遇到了好幾個東倒西歪的真正酒鬼，他們被我們手中的酒瓶所吸引，糾纏著我們要酒喝，當然我們很容易就把他們推開了，畢竟我們的醉態是裝的，而他們則不然。

我和吉姆悠閒地走著，最後來到了第三街，這裡非常偏僻，連一盞路燈都沒有，月光透過薄雲照在地上，四周朦朧一片。我和吉姆假裝精疲力竭，歪倒在一家早已停業的飯店的水泥臺階上，我們半躺在那裡，嘴裡含糊不清地說著什麼，但眼睛卻不時地瞄著街口，等著那個身材高大、滿頭金髮、右面頰有疤痕、身穿黑色皮夾克的人出現。

街口不時有形形色色、三三兩兩的行人經過。

忽然，我們發現不遠處出現了一個牽狗的老婦人，年紀

六十歲左右，她的頭髮是灰白蓬亂的，戴著墨鏡，一隻手牽著一條法國牧羊犬，另一隻手拄著一根白色拐杖，腳上拖著一雙破舊的鞋子，她的身子佝僂著，好像半身不遂一樣，醜陋的嘴巴向上翹著。

我們對這位老婦人感到很好奇，就一直盯著她。

老婦人步履蹣跚地走著，她經過街口朝著我和吉姆的方向走來，突然，她將牽狗的皮帶鬆開，迅速摘掉墨鏡，放進破舊毛衣的口袋，身軀也直了起來，拎著白色拐杖，步伐矯健，就像運動員一般向我們飛奔過來，那隻法國牧羊犬的眼睛也閃著興奮的光芒，搖著尾巴緊隨其後。到了我和吉姆跟前，她高舉起拐杖，凶狠地朝著吉姆頭頂砸下來。

「吉姆，閃開！」我大聲喊著。「啪」的一聲，拐杖砸到了水泥地上，吉姆閃身急速躲開，我則嗖地一躍而起，從腰間抽出了手槍，大聲喊道：「別動！」

當老婦人看見我手裡的槍時，一下子愣住了，她沒想到兩個醉鬼竟會如此清醒，她眨了眨眼睛，頓時明白是怎麼回事了，丟掉拐杖就想轉身奪路而逃。但是吉姆黑洞洞的槍口也對準了她，只有那隻法國牧羊犬不知道發生了什麼事情，依然搖著尾巴，用愉快的金色眼睛注視著我們。

「妳看看這是什麼？」吉姆朝她亮了亮皮夾，他要讓老婦人看清「社團」為我們準備的警察身分證明。

「我並沒有……」她開始要辯解了。

「妳先別忙，等等有妳說的。」我打斷她的話，「看樣子妳並不衰老呀，而且這支拐杖還可以多用，丹仁、莫里斯、亨利、哈德和遜斯是不是都死在你的這根拐杖下，它有這麼大的威力，一定是為了完成特別任務製造的。」我不緊不慢地說。

「啊，不，不！」她的眼神在我和吉姆之間游離著，眼中流露出了驚恐，「怎麼？」她有些不知所措地說。

「你是想問利思老闆吧？」我說，「你大概還不知道，我們在保險公司的配合下，已經找到了他，在確鑿的證據面前他乖乖地招供了。」

「可是，我們剛才還在聯繫……」她臉上現出迷惑的神情。

「哈哈，他的電話是在我們的監視下打的，想不到吧？現在我們還有人在監視他，好了，跟我們走吧！」我不容置疑地說。

「你們要帶我去哪裡？是，是去坐牢嗎？」她醜陋的大嘴巴在不停地顫抖。

「那是早晚的事。」吉姆朝她揮了揮槍說，「不過，我們要先到妳住的地方去看看。」「啊？」聽了吉姆的話，她瞪大眼睛，俯身撿起手杖，兩眼冒出憎恨的目光。

「聽著，如果妳再膽敢用這種東西無禮的話，」我警告她說，「我就用手槍直射妳的眼睛，我的子彈總比你的手要快！」

她面孔陰鬱地瞪了我一眼，轉身朝家的方向走去。她所謂的家，其實就是不遠處的一家旅館，當我和吉姆把她夾在中間進入旅館的走廊時，站在一旁的櫃檯帳房放下手裡的書，他滿臉橫肉，冷冷地看著我們。

我隔著口袋用手槍頂著她的腰，猜想她也感覺到了那份沉重，順從地跟著我們走著，她的身子倚著拐杖，一隻手牽著那隻可愛的法國牧羊犬，還不忘把墨鏡重新戴上。

「曼蒂，妳回來了，沒事吧？」那個滿臉凶相的帳房關切地問。

「沒有事，洪斯，謝謝你！」她平靜地說，然後指指我和吉姆，「噢，這是我的兩個朋友，我在外面遇到他們，就帶來家裡坐坐。」那個帳房似乎有些不相信，他又上下打量了我們一番，搖搖頭，繼續捧起了那本通俗小說。

她的房間在二樓，當我們推開房門時，只見裡面凌亂不堪，各種雜物隨意堆放，簡直就和廢品收購站差不多，屋內還散發著一股怪味。

「到了，你們看吧！」曼蒂垂頭喪氣地說，然後鬆開牽狗的繩子，摘下墨鏡，順手放在一個滿是塵埃的櫃子上。我和

吉姆掃視著房間，誰都沒有說話。

　　過了片刻，她再也忍不住了，幾乎是帶著哭腔說：「我這麼一個孤苦伶仃的老太婆，怎麼會去殺人呢？我本打算出去買點吃的，穿過街口時正好看見你們，我怕你們跟蹤並搶走我的錢，也擔心你們會突然闖過來，所以，所以就想用拐杖敲你們一下，我都這麼大年紀了，頂多也就是碰碰你們的皮肉而已，我……我真的好可憐呀！」說著，她還忍不住擦了擦眼角。「曼蒂，妳以為我們會相信妳的話嗎？我早就看出來了，妳的佝僂、跛腳都是偽裝的，其實妳的真實年齡要比現在的模樣至少小二十歲，無論妳怎樣花言巧語地狡辯，都無法洗清妳殺人的嫌疑，吉姆，搜！」我的話音剛落，吉姆就迫不及待地四處翻尋起來。

　　我盯著曼蒂，只見她緊緊咬著嘴唇，臉色也由青變白，右手緊握那根特製的拐杖，以至於因用力過度指節都變白了，她的嘴裡嘟嘟囔囔地說著什麼，顯然是在詛咒我們，那隻可愛的法國牧羊犬圍在她腿邊，牠望著自己的主人，還在歡快地搖著尾巴。

　　「快，咬他！」她突然向牧羊犬發出了命令，可是那隻狗絲毫沒動，還是用明亮的眼睛望著她。

　　這時，曼蒂的雙手已經微微發抖了，她又攢了攢那根特製的拐杖，趁吉姆搜到離她不遠的地方時，突然發力，掄起

拐棍向著吉姆的頭上砸去。情急之下我迅速出手，一把攫住她的手腕，拐杖順勢飛開了，「這個可惡的女人，為了急於殺死吉姆，竟然忘了我的存在！」我恨恨地想。

曼蒂癱軟地坐在床邊，她又開始用各種難聽的字眼詛咒了。

吉姆終於在一個不起眼的角落裡找到了我們想要的東西——鈔票，他數了數，一共是兩萬多元，吉姆朝我笑了笑，就把錢塞進了口袋。

「那是我的錢呀，你們不能拿走！」曼蒂突然瘋了似的尖叫起來。

「現在不是了。」吉姆笑著說。

「你們這些可惡的傢伙！不光拿了我的錢，還要送我去坐牢，天哪！」說著，她嚎啕大哭起來。

「噢，不，曼蒂，我們不會送妳去坐牢，我們還要給妳一次機會。」我柔和地說。

「機會？」她止住哭聲，抬頭看著我。

「這筆錢我們先替妳保管，不過妳最好也別去找我們，我們自然就放妳一馬，明白嗎？」「那，那你們不是在明搶嗎？」她哀求說。

「怎麼能說是明搶呢？」吉姆說，「這可是一個兩全其美

的好辦法，一來你可以用錢換取自由，免受牢獄之苦；二來我們忙碌半天，也不吃虧，而且妳的選擇餘地還很大。」

「選擇？」

「是呀，比方說逃走，那樣不也很好嗎？我們給妳一個開拓新天地的機會。」吉姆邊說邊走到床前的電話機旁，一把扯斷了電話線。

「啊？」曼蒂頓時目瞪口呆。

我和吉姆下樓走進休息室時，又看見那個名叫洪斯的帳房，他似乎有些奇怪為什麼只有我們兩個人出來，不禁用一種審視的目光看著我們，但我們對此毫不在意，我依然裝作醉態拿起電話，撥通後，裡面傳來露伊絲的聲音：「喂？」

「露伊絲，事情的進展很順利，殺人凶手已被我們控制，我們等等就過去，先前的計畫取消，妳不必再冒險了。」我說。

「噢，太好了！不過，我還不想放棄這個機會。」說完，露伊絲就結束通話了電話。

我無可奈何地搖了搖頭，剛推開休息室的門，就差點和一個急匆匆進來的警察撞了個滿懷，「你？」他以警覺的眼光打量了我一下，然後轉身對帳房說：「洪斯，有什麼事？」

「傑克警官，是這樣的，」洪斯用手指了指我和吉姆說，「這兩個人跟曼蒂去她的房間，他們兩個先下了樓，可是不見

曼蒂，我往她的房間打電話也沒有人接，所以我就報警了，你最好上去瞧瞧，到底發生了什麼事情。」傑克看了看我和吉姆，表情嚴肅地說：「你們兩個留在這裡，問題沒查清前，誰也不准動！」

「你瞧他們醉成那樣，還能跑不成？」洪斯嘲笑地說。

「你也幫我看著點。」傑克說完，就轉身進入電梯上樓去了。

休息室只剩我們兩個和帳房了，那個滿臉橫肉的洪斯朝我們不懷好意地笑著，他說：「如果曼蒂出了一點事，你們的麻煩可就大了，或許你們還不知道，她可是個甜蜜的小婦人。」

吉姆鐵青著臉，歪歪斜斜地走向櫃檯，「什麼甜蜜的小婦人！」話音還未落，他的大拳頭就砸在了洪斯的下巴上。

「你！」洪斯面露驚異之色，身子在櫃檯後面慢慢退縮著，最後完全消失了。

我和吉姆快速離開旅店，穿過街道，來到利思酒店的後面，這裡的門開著。

我們進入裡面，一眼就看見露伊絲面部朝下趴在地板上，「真該死！」我罵了一句，就和吉姆急忙趕過去。

「露伊絲，妳怎麼了？」我急切地喊著，但她一動也不動，沒有任何反應。

「露伊絲，我是吉姆，妳醒醒！」吉姆閉著眼睛不敢看她，說話的聲調幾乎都變了。

嘿！我看見吉姆閉著眼睛說話時，露伊絲的一隻眼睛睜開了，她在朝著吉姆擠眼睛、做鬼臉，我不由得笑了。

吉姆大概是聽到我的笑聲了，他睜開眼睛怒視著我，這時，露伊絲的小拳頭已經輕輕地捶在他的肩上了。

「我沒事。」

「妳可嚇死我了！」吉姆的心終於放下來了。

露伊絲站了起來，她拍拍身上的塵土，面帶歉意地對我們說：「真不好意思，不過，我必須要確認是你們才行，如果是利思那傢伙，我可就麻煩了。」

「這裡發生了什麼？」我問。

「當我把電話結束通話後，又回到利思的房間，我讓他站在我看得見的地方，接下來我就故意裝作被椅子腿絆倒，將手槍滑落到地上，正好掉在他跟前，這個傢伙自然不肯放棄機會，他就像餓虎撲食一樣，迅速抓起手槍，朝我連開了四槍，這個混蛋！可他哪知道我槍裡裝的是空包彈，好在我和他之間有些距離，否則近距離被擊中也是會疼的，雖然我沒有受傷，但我必須要裝死，這樣才能騙過利思，怎麼樣，我表演得還挺像吧？」露伊絲得意地微笑著。

「這真是太危險了！露伊絲。」我不禁有些動情，「不過，

妳的確表演得不錯！」我親吻了她的面頰。

「得到你的誇獎真高興！」露伊絲的臉上帶著幸福的光彩，「快告訴我，那個凶手是誰？難道是個女的嗎？」

「對，和妳一樣，也是個女人，」吉姆笑瞇瞇地說，「不過，她是個有殺人本能的矮小老婦人。」

「老婦人？」露伊絲面露驚異的神色。

「嗯，她的偽裝非常巧妙，殺人的手法也很特別，是用一根特製的拐杖。」我說，「我們已經在她的住處找到另一半鈔票了，下一步就是把這些錢分給應得的那些人。」

「那你們打算怎麼處理那個女凶手呢？」露伊絲問。

「讓她逃！這是最明智的選擇。」吉姆說。

「還有那個利思，該怎麼辦？」她又問道。

「他也會跑的，」我說，「因為他以為殺死你了，就會扔掉凶器，然後開始尋找我和吉姆，但當他找不到的時候，就會以為我們也被女凶手殺死了，所以，他最後的一步肯定也是三十六計走為上。」聽了我的分析，露伊絲點點頭。

「我看行動該結束了。」吉姆說。

「對！」我點頭表示同意。

於是，我們一起來到電話機旁，由吉姆撥通了電話，他對著電話那一方說：「請記錄下這件事情：關於丹仁、莫里斯、

亨利、哈德、遜斯等五人醉倒遇害的命案，他們的人壽保險
單都被利思唆使改動過，利思成了唯一的受益人。這個利思
是街上一家酒店的老闆，矮小的個子，禿頂，戴著一副近視
眼鏡，他僱用一個叫曼蒂的職業女殺手為他行凶，那五個人
都是被她殺的。曼蒂的特徵是戴著墨鏡，手持一根特製的白
色拐杖，牽著一條非常漂亮的法國牧羊犬，她善於偽裝，平
時會裝扮成一個又盲又跛的老婦人，但當她行動時，身手則
非常敏捷，她住在『亞加士旅館』二樓的一個房間。現在曼蒂
和利思均已畏罪潛逃，請你們盡快調查並將他們緝拿歸案。
哦？你問我是誰？你就寫上羅賓漢好了。」吉姆放下電話，衝
我和露伊絲笑了笑。

「好了，我們也該走了！」露伊絲歡快地說著。

我們三人一起離開酒店。

羅馬豔情

這是我頭一回來羅馬。

我出生於鄉下的一個普通家庭，今年雖然只有二十四歲，但在社會上也奔波闖蕩了好幾年，對生活有著清醒的認知——我知道，生活只是一場徹頭徹尾的謊言。我更明白，如今的社會是一個現實的社會，羅馬更是一個物欲世界，而我只是個一文不名的窮小子，因此在羅馬，什麼「浪漫」呀，什麼「一見鍾情」呀，通通與我無緣。

到達羅馬第一天，我首先參觀了羅馬的幾處著名景點。羅馬的風光雖然沒有傳說中那麼美，但由於心中早有思想準備，所以並未感到非常失望。在生活中，比預想更糟的事隨處可見，不是嗎？

就這樣，我獨自漫步在羅馬街頭。羅馬果然是一個既古老又充滿現代氣息的城市，街道兩邊的店鋪牌匾上閃爍著霓虹燈，店鋪門前的喇叭裡傳出各種音樂，街道上的汽車川流不息，車燈映在行人的臉上，幻化出斑斕的顏色。夜幕漸漸降臨了，人們匆匆地趕赴自己的夜生活——羅馬的夜生活相當豐富，羅馬市民習慣過豐富多彩的夜生活。

只有我這個外鄉人，漫無目的地、孤獨地在街上走著。

我覺得自己根本無法融入這個城市。看著街道上行色匆匆的人們，我突然覺得自己很孤獨。此刻，我感到有些傷感，但也感到些許自豪，作為一個外鄉人來到羅馬這樣的大

都市淘金，這本身就是一種莫大的勇氣。想到這裡，我彷彿又重新充滿了力量，加快了腳步。

我走進羅馬一條繁華的商業街，街道兩邊是各色食品店和咖啡廳，在街道一側，還有一座風格奇特的中世紀小教堂。我走到了商業街的盡頭，轉向另一條狹窄的小街，打算從那抄近道返回旅店休息。

這條狹窄的小街猜想有上百年的歷史，路兩邊斑駁的石階就是最好的證明。由於天色已晚，街道上冷冷清清，行人稀疏。與剛才那條熱鬧繁華的商業街相比，真是天壤之別。我向街道的盡頭望去，依稀可見有一座大教堂；再看街道的左邊，是一片公墓，如同散落於鬧市中的靜謐花園。

我是這條街上唯一的行人，在這一刻，我突然產生一種歸屬感 —— 我屬於這條街，這條街也屬於我。

正當我為這個想法欣喜不已時，忽然發現遠遠地從街道的對面走來一個女子。

她走了過來，越走越近。我注意到她的衣著非常講究，手裡提著一個裝飾有拉丁文字的包包。她朝我款款走來，那姿勢就像伸展臺上的模特兒，但卻非常自然，毫不做作。她走路的姿勢非常性感，一下子便吸引了我的目光。可惜，由於光線太暗，我看不清她的臉，但我想她的臉一定同她的身材一樣驚豔無比。

她距離我越來越近，最後，我們擦肩而過。我本來想忍住不去看她的相貌，因為我並不奢望在羅馬這個城市會有任何豔遇，但是，在我即將走過那一瞬間，我還是忍不住回頭看了她一眼。

　　頓時，我不由得呆住了，她的臉簡直如夢幻一般美麗！而與此同時，她也側頭看著我，甚至在對我微笑。「難道她是妓女？」我下意識地這樣想。但是，我很快就否定了自己的猜測——妓女的笑容充滿了功利和諂媚，而她的微笑卻無比清純，清純得簡直令人不忍產生任何非分之想！

　　就在我發呆之時，她輕啟朱唇，對我說道：「也許……也許這樣有些冒昧，但是在這個美好的夜色裡，我們在這裡擦肩而過……也許你也很孤單，像我一樣。」

　　我沒想到她居然先開口對我說話，我毫無準備，我只能機械地對她笑了笑。也許是我的微笑給了她勇氣，她繼續說：「我們能不能……一起散步，一起吃點東西？」

　　天哪，我簡直不相信我的耳朵！我簡直受寵若驚，我用顫抖的聲音說：「那簡直……求之不得！我真榮幸……對了，附近那條街上有許多餐廳。」

　　她搖了搖頭，笑著說：「如果不嫌棄，我想請您到我家裡坐坐，就在前面不遠處……」

　　她那句話好像具有莫大的魔力，我竟然鬼使神差地跟著

她走了。雖然這條路是我剛剛走來的路，但當我和她一起重新走時，我竟然有一種特殊的感覺。也許，路還是那條路，而我的心境發生了變化。剛才我還對在羅馬這座城市發生豔遇不抱任何幻想，可如今，我居然開始產生期待了，我期待一段美好的豔遇將在今晚發生。

不知走了多久，我們來到一座豪宅的前面。她停下了，示意我稍等片刻，然後掏出一把金色的大鑰匙，打開了宅院的鐵柵欄門。聽到開門聲，從房子裡迎出一位身穿管家制服的男僕。那位女子向管家輕聲吩咐幾句，然後示意我是她的客人。於是管家立即向我躬身行禮，然後請我們走進宅院。

走進宅院，迎面映入眼簾的是一大片修剪得整整齊齊的草坪。草坪中央是一條用白色石子鋪成的小路。我們沿著小路穿過草坪，看見前面是一個用白色大理石砌成的游泳池，池邊擺著摺疊椅和太陽傘。游泳池四壁鑲嵌著壁燈，柔和的燈光從池水中向上射出，煞是好看。

我隨著她走到游泳池邊，我們坐在摺疊椅上聊天。我年輕，長得也帥氣，曾經談過幾次戀愛，所以並不缺與女孩約會的經驗，尤其是與女孩閒聊，更是我的拿手好戲。雖然我來自偏遠的鄉下，但我從小就博覽群書，知識非常豐富。於是，我和她從羅馬的歷史聊到羅馬的神話傳說，從羅馬的文化又聊到羅馬的風土人情，很快，她就被我廣博的知識面和精湛的口才

吸引了。殷勤的男僕為我們端來加了冰塊的紅葡萄酒，酒杯中流光溢彩，如同泛著光芒的紅寶石一般。她舉起酒杯，微笑著向我致意。在一片浪漫的情調中，我們輕輕碰杯。酒的味道芳香馥郁，清爽宜人，喝下去之後令人感到渾身暖洋洋的。這種美酒簡直是我前所未見，正當我詫異之際，她彷彿看透了我的心思，向我解釋說這是產自波斯的美酒。

幾杯酒下肚，我聊天的興致越來越高，而且我也漸漸確信，一段美好的浪漫也許今夜就要發生。她似乎也有同感，她媚眼如絲，一對美麗的眸子若即若離地注視著我。她的嘴唇半啟半閉，似乎在對我暗示著什麼。可這時，我開始有點清醒過來，這浪漫來得太快太突然，以至於我不敢相信它是真的。心裡作了一番天人交戰後，我還是決定，放棄這曖昧的浪漫，離開這個地方。於是，我站起身來準備告辭。

我正要開口，她突然打斷了我，幽幽地說：「您瞧，僕人已經準備好了晚餐，如果您不介意的話，我想請您與我共進晚餐，因為我一個人很孤獨。我知道這請求很冒昧，甚至您也許會認為我另有所圖，畢竟，我們我們剛剛認識不久，若是換了我，我也會產生疑惑。」

「不不不，親愛的小姐，對您的誠意我百分之百信任。」

「坦率地說，您身上有一種無法言表的氣質吸引了我，雖然我還不太了解您，但我能感覺得到，您與羅馬那些無聊的

富家子弟截然不同。我的直覺告訴我，您絕對是那種既有性格又有深度的男人，所以，我請求您……再陪陪我。」

她既然這樣說，我又怎能再開口提告辭的事呢？我本並不相信天下有浪漫存在，更不相信浪漫會降臨在我身上。然而，在今夜，浪漫卻實實在在地發生了。雖然我對羅馬一直充滿戒備之心，但如果此時我告辭離開，我會終生遺憾。從我心底裡，還是對浪漫充滿渴望的。我開始相信：生活並不是徹頭徹尾的謊言，生活總有美麗的一面！

我留下來與她共進晚餐。那真是我這輩子見過的最豐盛的晚餐，龍蝦、火雞、牛羊排、餡餅、水果……還有杜松子酒。僕人們穿梭不停，忙著上菜。

用過晚餐，僕人們不知不覺間已經離開，就留我們二人在庭院裡。我們坐在庭院裡的沙發上，欣賞著誘人的月色。不知什麼時候，她已經依偎在我的懷裡。我們什麼也沒說，就這樣依偎著，時間過了很久，她站起來，輕輕牽著我的手臂，向房子走去。我就任由她牽著我的手，和她一起步入她那豪華的宅第。走在光滑的大理石的地面上，我們的腳步聲在寬闊的大廳裡迴響，可這腳步聲還不如我心跳聲來得更強烈。我感覺到我的心在緊張地跳動，難道這是恐懼嗎？不，絕不是，當浪漫來敲門的時候，我絕不會恐懼，相反，我會興奮地開門迎接它。

在她的引領下，我們走上樓梯，直接來到她的臥室。她按動牆壁上的開關，懸吊在天花板正中的吊燈發出了明亮的光。首先映入眼簾的是房間中央一張豪華的大床，在床頭還掛著一張她的全身照片。照片上，她身穿一襲薄如蟬翼的紗衣，姿勢撩人。我回轉頭再看她，卻發現不知什麼時候，她已經把外衣脫去……

　　今晚發生的一切對我來說好像是在做夢一般。我剛才說過，我是一個渴望浪漫的人，良宵、美人就在眼前，我有什麼理由再壓抑我內心的強烈慾望呢？來不及多想，我輕輕地將她抱了起來，向大床走去。她輕盈的身體緊緊地貼在我的懷中，用雙手輕巧地解開我襯衫的鈕扣。

　　在強烈的興奮和熱情之下，我的大腦已經不作任何思考，這就是真正的浪漫！這就是美妙的生活！

　　我們赤裸地在床上相擁，當我正要輕吻她那熾熱的雙唇時，我突然覺得有點不對勁。是哪裡不對勁呢？我看了看眼前的她，她已經那麼完美，哦，對了，是房間中明亮的燈光！原來，我們忘記關上天花板的大吊燈。那光線太過強烈，讓一切一覽無餘，我更喜歡在黑暗中與異性進行溫存。於是，我望著門口牆壁上的吊燈開關，正在猶豫是否應該關掉它。她睜開眼睛，見我注視著開關，馬上明白了我的心思。

「我親愛的，別擔心……不要動，讓我來關……」說著，她朝開關伸出了手。難道是我產生了幻覺？只見她的手臂不斷變長，伸出床外，穿過床簾，跨過地毯，橫穿過長長的臥室，在明亮燈光的對映下，投下巨大的陰影，彷彿一條黑黑的蟒蛇。她的手臂一直伸到十幾公尺外門邊的牆上。

　　指尖觸及了開關。

　　「咔嚓」，隨著清脆的一聲，房間裡陷入了無邊的黑暗……

孤 注 一 擲

坐在電視機前，布萊克看著橄欖球賽，身邊還放著一杯啤酒。

看似悠閒，但實際卻不是這樣。沒辦法，布萊克是個警察，他時刻都記得自己的身分和職責。因此可以說，布萊克每天二十四小時都在工作，並且很久以來一直如此，以至養成了習慣。即使像今天這樣的休息日，布萊克也會一邊看著球賽，一邊仍下意識地工作。

忽然，螢幕上現出一張臉……

以前，繁忙的工作令布萊克錯過了很多職業橄欖球比賽，不想今天決賽，他卻剛好能夠休息 —— 真是好運！其實，布萊克不知道，後面還有好事在等著他。

決賽總是特別精彩，對冠軍的嚮往始終是促使隊員激烈競爭的動力，比分交替上升，平局更加令觀眾興奮不已。鏡頭掃過觀眾席，正如解說員說的那樣，觀眾看得如醉如痴，電視機前的布萊克一樣看得津津有味。

那張面孔，似曾相識……

布萊克高中時就魁梧高大，體魄健壯，擅長打橄欖球。他很想上大學，然後在大學裡打橄欖球，再當一名職業橄欖球運動員 —— 不管橄欖球獎學金有多少。可惜，事情並沒像他希望的那樣發展，他沒有上成大學，並且後來還當了一名警察。

他是個出色的警察。起初他被分在交通科的那些日子裡，每天早晨上班之前，他都要看一看失竊汽車的「名單」──車牌號。

　　多年來記住失竊汽車的型號和車牌號已經成了一種習慣，這個習慣幫助他比別人發現更多失竊汽車，儘管他只是個新手。

　　他有著驚人的記憶力，名字、號碼和面孔，無一不是過目不忘。

　　直到現在，他還能記得初戀女友的電話，記得自己每次任務中的一系列編號，記得抓到的第一個犯人的那張臉。離開交通科後，他每每去警察局裡的照片室，專程去看通緝犯們的照片。每年，他都會從街上的人群中、遊藝場的電梯中，甚至是在買熱狗時，發現幾個通緝犯。他從未失手過，所以他這次也很自信。

　　臉色蒼白的布萊克，過著簡單的生活──單身的生活，他沒有結過婚。他神話般的記憶力，他的吃苦耐勞，他的特立獨行，這一切贏得了他的同事們的尊敬。隨著歲月的流逝，他的職位也逐漸提升，但以他受到的教育和他的能力來說，他現在的職務已算是頂峰了。

　　布萊克站了起來。他自然地記住了那個人所在畫面中的出口，以此可以判斷那人所在的區域，那是 FF 區。如果趕

在比賽結束之前，那麼他只要從那個口進去左轉，便可以找到那人——而現在，比賽就快結束了。

布萊克一邊穿上鞋，並把槍套掛到肩膀上，一邊考慮著這個難題。比賽要是按時結束，他就趕不上在那人離開之前到達體育館。只有出現平局需要加時賽，他才能趕上。所以最好的辦法，就是打電話給那裡的警察，告訴他們體育館裡有一個通緝犯，需要封鎖體育館，以便把犯人搜出來。

布萊克抿緊嘴唇。他了解那個犯人，了解他過去的全部經歷——雖然他只看過一張望遠鏡拍的照片。但他願意冒這個險，賭注無疑便是加時賽。

這個通緝犯屬於布萊克，不屬於警察局。一向單槍匹馬的布萊克，這次也要單槍匹馬。可是比賽會不會按時結束，那個人會不會逃脫……他聳聳肩。還是那句話，他願意冒這個險，何況，既然他還在城裡，還是有機會的。

想到這裡，他連電視也沒有關，走出自己的兩房一廳公寓。下樓一鑽進汽車，便馬上打開收音機，收聽比賽的實況轉播，然後把車開到大街上，開向橄欖球比賽的體育館。

他不停地超車，盡力要在比賽結束前趕到體育館。以他對城市交通線路的了解，布萊克知道哪條路最近，哪條路上行車最少。

收音機裡，比賽還在繼續。時間就要到了，仍然是平局

的結果。他不知道,收音機裡觀眾的叫喊聲中,有沒有那個人的聲音。他會不會不安,已經提前離開賽場了?不會的,他應該是個狂熱的橄欖球迷,他會在比賽結束後隨著人群一起離開,不會獨自先走的。

悩人的紅燈,布萊克不得不停下車來。

這時,收音機傳來可怕的聲音——觀眾的吼叫聲和解說員激昂的聲音。平局打破了,一支球隊領先了一分,但那不是布萊克喜歡的球隊。他氣得咬牙切齒,在心裡吶喊:加把勁,小夥子們,扳回一分,打成平局,進行加時賽。

紅燈變了,他重又飛快地開起車來,耳中傾聽著觀眾的吼叫。他喜愛的球隊發起進攻,他默默地祈禱他們能扳平,但可惜的是,這次進攻失敗了。布萊克罵了一句。此時比賽只剩下一分鐘,他看來趕不上了……

時間一秒一秒地過去,他喜愛的球隊再次發起了進攻。布萊克緊張至極,兩隻手緊握著方向盤。他覺得自己的決定是錯誤的,剛才應該打電話,而不是自己親自去。分心的他,差一點就闖了紅燈。

突然,他喜歡的球隊進攻得分了!比賽平局!就在這時,結束的哨音也吹響了。

布萊克向後一靠,高興地吹了一聲口哨。那個人逃不掉了,注定是他布萊克的囊中之物。他雖然只見過那人照片一

次，但剛才在電視上一看到他的臉，就已斷定，這個人是屬於他的。

他鬆了一口氣，繼續駛向體育館。

現在不用著急了，加時賽開始之前，他肯定能夠到達。

於是他開始考慮到達之後該怎麼辦，怎麼對付他。六個星期了，整個美國的東海岸都在尋找他，警察唯一的依據就只有那張模糊的照片。也難怪他會這麼大膽、自信，竟然還敢跑來看橄欖球的決賽。

從布萊克第一眼看到那張模糊的照片，就斷聳聳肩。還是那句話，他願意冒這個險，何況，既然他還在城裡，還是有機會的。

想到這裡，他連電視也沒有關，走出自己的兩房一廳公寓。下樓一鑽進汽車，便馬上打開收音機，收聽比賽的實況轉播，然後把車開到大街上，開向橄欖球比賽的體育館。

他不停地超車，盡力要在比賽結束前趕到體育館。以他對城市交通線路的了解，布萊克知道哪條路最近，哪條路上行車最少。

收音機裡，比賽還在繼續。時間就要到了，仍然是平局的結果。他不知道，收音機裡觀眾的叫喊聲中，有沒有那個人的聲音。他會不會不安，已經提前離開賽場了？不會的，他應該是個狂熱的橄欖球迷，他會在比賽結束後隨著人群一

起離開，不會獨自先走的。

　　惱人的紅燈，布萊克不得不停下車來。

　　這時，收音機傳來可怕的聲音——觀眾的吼叫聲和解說員激昂的聲音。平局打破了，一支球隊領先了一分，但那不是布萊克喜歡的球隊。他氣得咬牙切齒，在心裡吶喊：加把勁，小夥子們，扳回一分，打成平局，進行加時賽。

　　紅燈變了，他重又飛快地開起車來，耳中傾聽著觀眾的吼叫。他喜愛的球隊發起進攻，他默默地祈禱他們能扳平，但可惜的是，這次進攻失敗了。布萊克罵了一句。此時比賽只剩下一分鐘，他看來趕不上了……

　　時間一秒一秒地過去，他喜愛的球隊再次發起了進攻。布萊克緊張至極，兩隻手緊握著方向盤。他覺得自己的決定是錯誤的，剛才應該打電話，而不是自己親自去。分心的他，差一點就闖了紅燈。

　　突然，他喜歡的球隊進攻得分了！比賽平局！就在這時，結束的哨音也吹響了。

　　布萊克向後一靠，高興地吹了一聲口哨。那個人逃不掉了，注定是他布萊克的囊中之物。他雖然只見過那人照片一次，但剛才在電視上一看到他的臉，就已斷定，這個人是屬於他的。

　　他鬆了一口氣，繼續駛向體育館。

現在不用著急了，加時賽開始之前，他肯定能夠到達。

於是他開始考慮到達之後該怎麼辦，怎麼對付他。六個星期了，整個美國的東海岸都在尋找他，警察唯一的依據就只有那張模糊的照片。也難怪他會這麼大膽、自信，竟然還敢跑來看橄欖球的決賽。

從布萊克第一眼看到那張模糊的照片，就斷定警察局的照片室，沒有那人的其他照片。他是那種最難抓獲的罪犯——一向獨來獨往，沒有前科，沒有坐過牢，沒有被拍過照，沒有留下過指紋。要麼是他運氣好，要麼就是他精心籌劃，做第一次同時也是最後一次的大買賣。

布萊克不得不佩服那次綁架行動。

被綁架的人十分富有，而且不願跟警察合作，不想讓警察或聯邦調查局深入了解他做的那些事，因為他自己也在違法的邊緣。綁架非常順利，贖金也很快落實，在一個偏遠的森林，贖金支付之前被綁架的人便被釋放了。綁架者拿到贖金後，立刻溜之大吉。警察唯一得到的，就只有付錢時用望遠鏡照相機拍出的一張模糊照片。

布萊克始終都很欣賞乾淨俐落的綁架，無疑這是最出色的一次。綁架者帶著錢逃跑了，交錢後的六個星期，連他的影子也沒找到，全東海岸的警察對他束手無策。但是綁架者卻沒有料到一點，就是布萊克擁有著出色的記憶力。

布萊克把車停在體育館停車場，下車後直奔進口。他拿出證件，只一揮便走了進去，一直走到 FF 區邊的過道。走到那裡時，布萊克已經氣喘吁吁。此時加時賽開始了，激動的觀眾發出震耳欲聾的狂呼，全都站了起來。

　　布萊克隨著幾個小販走出過道。他向左一拐，上了兩級臺階，在那裡看著賽場。觀眾席上已經沒有空座了，所以他靠近一排座位站著，盡量混在人群裡面。場地上，一個運動員正帶球奔跑，跑著跑著，被絆倒在地。

　　布萊克轉過頭來，開始尋找那個人。雖然早有心理準備，但是，布萊克看到那人還是有些震驚。他只掃了那人一眼，便又重新看回賽場。就那麼一眼，足以使他記住所有的細節。

　　那個人很年輕，不超過三十歲，身材苗條，同時又很結實。一張平常的臉沒有什麼特點，不會引起別人的注意。對罪犯來說，這是非常有利的條件。他身著一件藍色大衣，非常普通，裡面是一件藍西服。他戴著一副皮手套。正看得非常興奮。看上去，他自己也曾經打過橄欖球。

　　比賽仍在繼續，雖然用了刺激的突然死亡法，但布萊克已經對它沒有興趣了。甚至，他希望比賽現在就結束。他正在進行的事情比橄欖球比賽更令人興奮。而此時，他驚訝於自己的異常鎮靜和充滿信心，他相信自己一定會取得勝利。

他以前從來沒有過這種感覺，但現在，他這樣的自信著，並清楚地知道原因。

一方的進攻奇蹟般成功了，於是比賽結束了。觀眾們喊叫著，向賽場裡扔東西。布萊克用餘光看到，那人已經開始向出口走去。

他下了臺階，搶在那人之前走向出口。他隨著第一批觀眾走出去，沒有回頭看一眼，因為他知道，沒有別的出口。他迅速上了車，然後轉過頭注視著人群，尋找那人的身影。

看到了，他正快步走向停車場。布萊克發動。了汽車。這種人多車擠的時候，最容易出現差錯。只要在這裡不出問題……那人進了一輛小卡車，向出口車道開去，就在布萊克的前面。真是幸運，並沒有其他車插在他們之間。布萊克覺得今天運氣真不錯。他非常鎮定自信，生平第一次覺得如此順利。

可他的一生卻總是不順。先是認真學打橄欖球，但在高中畢業後，突然不打了。他進了警察局，從頭做起，慢慢學習、慢慢向上爬。他盡了自己最大的努力，卻始終爬不到頂峰。而今，他的年齡已經很大了，他知道自己已經到頭了，再過三個月，他就該退休了。

他跟著那人的小卡車穿過大街小巷。那個人開車很穩健，就和布萊克一樣，也是獨往獨來的人。那麼，他們兩個

單挑的話，結果又會如何呢？

那人停在了一個安靜、樸素的小區。這很聰明，他顯然不想跟任何犯罪團夥扯上關係。這就是他從來沒被拍過照的原因，也是他得以成功綁架的原因。拿到贖金後，他並沒有試圖改變自己的生活，而是繼續著他表面平靜的生活。

他把車停在一棟不是很大的公寓前。布萊克尾隨他把車停下，下了車，向那人走去，同時打量著公寓的門牌號，似乎在找著某個號碼。那人十分仔細地鎖好車，還檢查了一下汽車的車窗是否關嚴。當他走上人行道時，剛好跟布萊克面對面。

布萊克突然把他推到汽車邊：「別動，你被捕了。」

那人掙扎著，但布萊克立刻用手槍頂住他的肋骨，另一隻手則緊緊抓著他的手臂。

「別動，」布萊克說，「動一動就槍斃了你。」

那人臉色瞬間慘白。布萊克迅速掃了四週一眼，沒有人注意他們。

布萊克命令道：「快進大樓。」

他們快步走進樓道裡，布萊克緊緊抓著他的手臂。

「你住哪一層？」

「五層。」

他們走進電梯，布萊克按了五層的按鈕。電梯門關上，電梯開始往上升。布萊克把那人推在電梯的牆上，手伸進西裝中，掏出一把手槍。布萊克看了一眼這把槍，便將它放進自己的大衣口袋。電梯中非常安靜，他們的呼吸聲很明顯。

那人問：「你是警察？」

「對，我是警察。」

電梯門開了，他們走出去，來到過道。

「哪個門？」

「七號。」

他們沿著鋪著地毯的過道前行。樓上有人說話，但過道裡沒人。他們在七號前停下。

「裡面有人嗎？」布萊克問。

那人搖搖頭。

「要是有人，你就死定了，」布萊克說，「現在我再問你一遍。」

那人回答道：「我自己住，屋裡沒有人。」

「開門。」

那人慢慢伸手進口袋，掏出鑰匙打開門，他們走了進去。

那人想用門撞倒布萊克，卻被布萊克一拳打倒在地。他

呻吟著，翻身坐起來。

「你想幹什麼？」他問。

布萊克沒有理他，「脫掉大衣。」

那人只好聽話地脫掉大衣，布萊克一腳把衣服踢到一旁，探過身，拎起那人，猛地搖晃了兩下，用手銬把他銬上。然後退後幾步，盯著他：「錢在哪裡？」

那人提高聲音說：「你的舉止可不像是警察。你是……」

「我是警察，」布萊克平靜地說，「還是個幹了三十年的警察，但我不想把你帶到警局。」

那人和布萊克同時一驚。是的，其實從他在電視上看到那人開始，他內心裡就是這樣的想法，現在終於說出口了。

布萊克站著，一動不動，仔細回想他剛才的話。那是實話。在他一生中，他始終都在尋找發財的機會。他曾以為會在橄欖球中找到，後來他以為可以在當警察時找到。但隨著歲月的流逝，這種念頭和慾望，慢慢淹沒在平常的生活中，淹沒在作為一個好警察的驕傲中，淹沒在他出色的記憶中。然而布萊克知道，這個念頭始終都還隱藏在他的內心深處。

人的一生，不知道哪天就會做出讓自己都覺得驚訝的事。布萊克以為，和他成為職業橄欖球運動員的願望一樣，自己曾經的野心早已消失。

而後，他仍然喜歡看橄欖球比賽，也喜歡閱讀關於那些運動員鉅額薪水的報導。那些鉅額搶劫案曾讓他連續幾星期激動不已，就像別人為女人而激動一樣。

那人深吸了一口氣，他的臉色和態度都變了。

「我明白了，」他緩緩地說，「我明白了。」

突然，他們之間的關係發生了微妙變化，不再是警察和罪犯，而是男人對男人 —— 他們的目標是一致的。

布萊克微微一笑，「你那次行動很出色，你籌劃了很長時間，是不是？就像橄欖球比賽一樣，籌劃得十分精心周到。你沒有前科，第一次出手就玩個大的。說實話，我很佩服你。」

「謝謝，」那人乾巴巴地答道。

「我要那筆錢。」

這句話毫無疑問，自從他銬上槍套走入公寓，這一點便已經毫無疑問了。嘴上說著佩服那人，但在內心深處，布萊克同時非常佩服自己。他突然感覺自己年輕了二十歲，那些消失了的慾望又回來了。別人都以為他這輩子就這樣了，但是還沒有。三個月後他退休時，他會覺得這麼多年來的辛苦和失望，還是很值得的，因為他最終還是勝利了，打敗了那些比他官運亨通的人。

那人搖搖頭。

布萊克狠狠摑了他一個耳光,「別跟我頂嘴,小子,」他咬牙切齒地發狠道,「我也等了很久,比你等的時間長得多。」

「你到底是什麼警察?」

「我是個好警察,」布萊克說,「自從我當了警察,就一直是個好警察。我一直都是清白的,從來不接受賄賂。我沒有搞過歪門邪道,他們對我無數次地調查,從沒發現過一點問題。」

那人點點頭:「現在你終於等到了一個發財的機會。」

布萊克也點了點頭:「和你一樣,小子 —— 你從約翰尼那裡拿到二十萬元,現在是我的了。」

「你看,」那人說,「我為那些錢花了很長時間,用五年時間來籌劃,等待合適的機會。當我發現他陷入困境時,就馬上抓住機會綁架了他。那些錢是我辛苦賺來的。」

「我也等了很久,比你想像的要長得多 ——」布萊克說,「我一直在等,為了得到一個真正的發財機會,我放棄了無數次機會。我不能因小失大。這一點上,我們兩人很相像,唯一不同就是,現在我是主動的。我問你,錢在哪?」

那人又搖了搖頭。

布萊克一下子把他推到椅子上:「你叫什麼名字?」

那人抬起頭，怒視著他。布萊克提起他的上衣衣領，看著裡面的標籤，然後又拎起大衣看了看。他環視屋裡，看到一張桌子，走過去打開抽屜，拿出一本通訊簿，看了看裡面，然後又看著那人。

　　「羅納爾德‧奧斯廷，你是不是打橄欖球的？」

　　奧斯廷沒有回答。

　　「沒錯，幾年前，你是中西部隊的左邊鋒打得很好，」他停下腳步，看著奧斯廷，「我也打過橄欖球。」

　　奧斯廷抬頭望著他，聳了聳肩：「你說得對，我的確在那支隊伍打過橄欖球。」

　　布萊克仔細打量他，問道：「打橄欖球不是很賺錢嗎？你的運氣比我好，我連大學都沒上成。」

　　奧斯廷一撇嘴：「可惜我體重太輕了，當不了職業橄欖球運動員。畢業那年，我試圖成為職業運動員，但卻被淘汰了。」

　　「所以你就尋找別的發財機會。」

　　「是的。」

　　「錢在哪裡？」

　　「我不會說的。」

　　「你會的，會告訴我的，」布萊克平靜地說道，「就在這屋

子裡嗎？」。

奧斯廷沒有回答。布萊克等待著。

「好吧，我先自己找。如果找到，那就行了。如果我找不到，那我還得回來問你，直到你說出來為止。」

他打開奧斯廷的一隻手銬，拉他起來帶到床邊，將他面朝上推倒在床上，然後把他的手銬在床柱上。他扔下奧斯廷，開始在屋裡有條不紊地搜尋起來。

他一言不發地找了很久，奧斯廷一直在床上看著他。搜完後，屋子裡一片狼藉。布萊克把奧斯廷從床上拉起來，挪開床又搜了一遍，最後終於氣喘吁吁地停了下來。

他最後開口說道：「好吧，看來我得來硬的了。」奧斯廷抬頭看著他，露出驚恐的神情。

「別以為你能熬得住，」布萊克說，「我是個專家，奧斯廷。為了那筆錢，我會殺了你的。你知道這一點，因為你也會為此殺了我。」

奧斯廷說：「你為什麼不把我帶到警察局去呢？那樣你會成為一個英雄。對你來說，那也很不錯……」

布萊克搖搖頭，「不，我已經老了，再過三個月，我就要退休了。如果我還是個年輕人……但我不是了。」他走向奧斯廷，「好了，我們開始吧。」

他出手很重。奧斯廷咬緊牙關，嘴裡卻疼得哼出了聲。布萊克知道，他可能需要帶奧斯廷出去取錢，所以他並沒有打他的臉。當奧斯廷暈過去時，他停下來，找到浴室，自己喝了一杯水，又拿著滿滿一杯水回來，將水潑在奧斯廷的臉上。奧斯廷呻吟著，醒了過來。

布萊克盯著他。奧斯廷是一條硬漢，因為很少有人能夠忍受布萊克這幾下。

「你是個了不起的小夥子，」布萊克說。

奧斯廷又一撇嘴：「謝謝。」

「可是，你這麼硬挺著，又有什麼意義呢？」

布萊克說，「你要知道，如果需要的話，我會這麼折騰你一晚上的。」

奧斯廷從地上爬起來，他的身子一動，臉上就疼得扭曲一陣。他坐在那張椅子上，看著布萊克。

「我不會完全放棄那筆錢的，」他說，「就算殺了我，我也不會全部放棄。我費了那麼多精力，我非常需要那筆錢………」

布萊克知道他說的是真話。「好吧，」他說，「我跟你平分，一人十萬。我只拿一半就夠了。」

他們互相緊盯著對方，這時他們的關係又變了。從他們

相遇那一刻開始，他們的關係就一直不停地變化：先是警察和罪犯，然後是男人和男人，接下來是拷打者和被拷打者。而現在，他們的關係：卻變得誰也說不清到底是什麼樣的。從奧斯廷臉上，布萊克看出他下了決心。

奧斯廷說：「好吧，我知道什麼時候該妥協。我們倆平分。」他想笑一下，卻笑得非常勉強，「我真希望你在拷打我之前就提出這個建議。」

「我必須看看你是否熬得住，」布萊克冷冷地說，「就像你必須看我是否能夠堅持下去一樣。在此之前，我們不會達成妥協的。」

奧斯延點了點頭。看來他們之間相互非常了解。

「錢在哪？」布萊克再次問道。

「在一個保險櫃裡。」

「鑰匙在哪？我一直在找那把鑰匙。」

奧斯廷微微一笑：「在一個信封裡，信封就放在樓下我的信箱中。」

「那麼說，我們只有明天才能拿到錢了？銀行現在已經關門了。」

「對。」

「我們要等了。」

「你能整晚不睡覺？」奧斯廷說，「只要我一有機會，就會殺了你——你知道的。」

「我可以整晚不睡。」布萊克冷冷地說。

在一片狼藉的公寓中，他們一起等待著，期盼漫長的黑夜快些過去。

布萊克坐在一張椅子上，看著另一張椅子上的奧斯廷。

他們有時還會簡單地聊幾句。奧斯廷對他講，他原計劃等六個月，然後乘一艘遠東公司的船離開。

「你現在仍然可以那麼做，」布萊克說，「帶著你那一半錢。」

奧斯廷警覺地說：「如果你放我的話。」

「我不在乎你以後做什麼——實際上，時機成熟時，我會幫著你走的。我也不想你被警察抓到。」

第二天，雖然是布萊克值班，但布萊克沒有給警察局打電話。對此，他的上司早已經習慣了，他可能只是認為布萊克發現了什麼線索，一個人去調查了，他十分信任布萊克。

到出發的時間了，布萊克打開奧斯廷的手銬，眼盯著他穿上大衣。

「聽著，如果你玩花樣，我當場就槍斃你，只要說我是執行公務，就沒有人會追究我。你沒有別的選擇，只有跟我平

分這一條路可走。」

「我知道，」奧斯廷看著布萊克，「但我現在想知道你是怎麼抓到我的。」

布萊克笑了，「我對人的臉有特殊記憶力，能夠過目不忘。在你拿贖金的時候，警察拍到了一張你的照片。昨天我看電視時，在觀眾席上發現了你。」

奧斯廷深深地吸了一口氣：「太偶然了，我沒想到自己居然會栽在橄欖球上。」

「如果你不是橄欖球迷，那我就抓不到你。」

布萊克說，「同樣，如果我不是橄欖球迷，也不會抓到你。」

奧斯廷聳聳肩，說道：「我真應該請你跟我一起綁架，肯定會更成功的。」

「對，」布萊克說，「我們不合作真是太可惜了。」

他們出了房門，乘電梯下樓，鑽進布萊克的汽車，布萊克指揮奧斯廷開車。

他們很快就到了銀行，肩並肩走進去。布萊克眼盯著奧斯廷在登記簿上簽名，然後一起走進地下室，看著奧斯廷和銀行職員打開保險箱。接下來，沒有銀行職員什麼事，他走開了。布萊克貪婪地看著奧斯廷把箱子抽出來，掏出一沓沓

厚厚的鈔票，然後接過奧斯廷遞來的鈔票，放進從公寓帶來的手提包中 —— 就是奧斯廷取贖金時拿的那個。

　　然後，他們鎖好保險箱，又一起並肩走出了銀行，回到車裡。事情進展得如此順利，可是布萊克卻奇怪他們兩人現在都在止不住冒汗。

　　「回公寓吧。」他說。

　　他們沒有走來的路，而是從另一條路回到了公寓，然後停車，下車，上樓。關上門時，他們倆又都不約而同地鬆了口氣。此時他們又變為危難中的夥伴，而不是對手。

　　「好了，成功了，」奧斯廷說，「你現在仍然願意和我平分嗎？」

　　「當然。」布萊克說。

　　他把手提包放在椅子上，拉開鎖鏈，凝望著裡面的錢 —— 與其說他屏住了呼吸，不如說他真的喘不過氣來。這麼多錢，這不就是他夢寐以求的那種機會嗎？在他即將退休的時候，這樣的發財機會終於來到了。

　　突然，他用餘光瞥見奧斯廷猙獰著向他撲來，連忙躲閃，可惜已經躲晚了，奧斯廷緊緊抱住他，把他絆倒在地。布萊克控制不住，手槍從手中甩了出去，奧斯廷就這樣壓在他的身上。但奧斯廷畢竟體重太輕了，壓不住布萊克，於是布萊克一拳把他打翻在地。起來後布萊克又打了奧斯廷一

拳，然後用盡全身力量把他壓在身下，不敢讓他起來。

就在打鬥的同時，布萊克的頭腦仍在飛速運轉，思路清晰地回想著，心裡就如同在大聲對著奧斯廷喊話：拿到錢時，我決定殺掉你；可是後來又決定不這麼做，因為我知道，你就是我，我就是你；可是現在我必須殺掉你，同樣因為，你就是我 —— 你想殺我，奪回這筆錢。

腦海中迴響著這些沒有發出的聲音，布萊克轉過頭，避開看到自己手上的動作。最後，他站起身，地上是軟綿綿的屍體。布萊克努力讓自己的呼吸恢復正常，然後卻不由得哭了，要知道，布萊克成年後還從來沒有哭過。

他呆呆地望著錢，現在它們全屬於他。他慢慢向它們走去，想伸出手去拿。

突然，門外傳來「咚咚」的撞門聲。布萊克猛地轉過身，發現門已經被撞開了。於是他伸手去掏槍，可是他忘了槍已經不在那裡，剛才已經甩在了不知什麼地方。

布萊克認出了不速之客，進來的全部是警察局的人，站在後面的那個就是他們的科長。布萊克一動不動，看著他們衝了進來。

「我們聽到你們在搏鬥，就盡快趕來了。」科長對布萊克說，「為什麼不告訴我們，你已經發現了線索呢？」

「聽到我們搏鬥？」布萊克茫然地重複著，「難道你們一

直在監視這裡？還安裝了竊聽器？」

科長笑了：「是聯邦調查局告訴我們的。他們做了許多細緻的工作，認定是一個運動員做的，所以他們開始在報紙上尋找拳擊手和橄欖球運動員的照片。我們昨天才開始跟蹤監視他，希望能引他幫我們找到那筆錢。如果沒有你，我們還得等很長時間。」

布萊克看到，這時正有一個矮小的年輕人在檢查手提包，這個人不用問，肯定是聯邦調查局的特務。特務對一個警察做了個手勢──「看好這些錢。」然後他轉過身，充滿懷疑地看著布萊克，「你和他一起走進公寓時，我們真是大吃一驚，但科長卻堅持說你一定是想從那個人手中騙出那筆錢。」

布萊克看著特務手提包中的錢，不由得又想掏槍，自然又掏了個空。

科長笑著說：「你演得還真不錯，你讓他相信，你只想得到那些錢，和他平分，而不是要逮捕他。你演得很像，布萊克，真的很不錯。」

布萊克凝視著他，不知道他這話是什麼意思。

科長大拇指一挑，指了下那位特務說：「這位聯邦調查局的特務認為，你真的想要這筆錢。他想衝進來，但我沒讓他那麼做。我知道你那麼做的原因，因為不那麼做的話，就

找不到這筆錢。那傢伙很強硬，絕不會告訴我們錢在哪。所以我對特務說，我們完全相信你。」

布萊克茫然地站著，警察在他身邊忙來忙去，一如既往做著程序性工作。

「今早我們跟蹤你們到了銀行，」特務仍然充滿懷疑，目光冷冰冰的，「你們從銀行出來後，卻沒有直接去警察局，這讓我們難以理解，但你的上司仍堅持讓我們等你。現在請你解釋一下，你們究竟為什麼又回到這裡來呢？」

布萊克被搞暈了，根本沒有意識到這個問題潛伏著什麼危險性，只是搖搖頭，喃喃地說：「我必須確信錢全部都在這裡，我必須弄清楚這一點。」然後他低頭看了一眼地上的屍體，「可我並不想殺死他。」

科長拍了拍他的肩膀：「你做事總是那麼仔細，連細節問題都要搞清楚，這就是你的風格。別難過，振作起來。你把他殺了，這很遺憾，但是你現在是英雄了，記者們都會去警察局採訪你的。布萊克，這是你破的最大的案子，這也是為什麼我讓你一個人單獨處理的原因，因為這樣一來，所有榮譽就都歸你了。布萊克，你現在當英雄的感覺怎麼樣？」

「太棒了，真是太棒了⋯⋯」布萊克看著聯邦調查局的特務，他的眼中依舊懷疑。可是這沒有關係了，他也只能是懷疑而已，而不會把他怎麼樣。

布萊克笑了笑，笑容有些疲倦：「我退休後，可以坐下來，一遍遍讀著所有關於我的報導。」

　　於是他走出公寓。現在，他要回家了，要好好睡一覺。

　　布萊克確實需要好好睡一覺，明天，他將面對蜂擁而來的記者。但是現在，他只想睡一覺。他已經不再年輕，得把失去的睡眠補充回來。

自首的黑幫

華生警長看到一個人，步履蹣跚地向警察局走來，他簡直不敢相信自己的眼睛。

馬丁是黑幫的重要分子。很多年前華生警長就想用一件勒索案起訴他，結果敗訴在黑幫分子請來的著名律師手裡，那次審判的結果，馬丁被無罪釋放。之後，警方再未掌握任何關於馬丁的有利用價值的證據。所以，當馬丁提出要警方扣押自己的要求時，華生警長困惑不解。

「我願意提供證據。」馬丁低聲說道，「只要你把我關起來，我可以給你們提供任何需要的證據。」

「這怎麼可以？」華生警長不動聲色地說，他向來就以辦案保持冷靜而著稱，「你要知道，警察局可不是旅店，不能隨便留人。你怎麼知道我們需要你所說的證據？」

「別來這套了，華生警長——」馬丁仍想保持著平時凶狠冷酷的樣子，可是聲音中的哭腔卻出賣了他，「我知道你想得到金斯先生犯罪的真憑實據。我可以幫助你們把他抓起來，送上法庭，但有個條件是，你們得保護我。」

「金斯先生？」華生警長裝出一副對此漠不關心的樣子。

金斯是舊金山各種不法集團的幕後主使，全城任何一樁非法活動，或多或少都與金斯有關係。可是華生警長和他的手下卻始終沒有找到一絲一毫的真憑實據，從而在法庭上指控金斯。事實上，金斯在上流社會混得有頭有臉，那些事情

當然不用親自出面，只有像馬丁這樣的手下才被叫去做違法勾當。前不久，金斯還出席了城市紀念遊行活動，甚至還坐上了主席臺。這件事令華生警長十分氣憤，可是又無可奈何。

現在馬丁居然說可以幫助警方拘捕金斯，本來正中華生警長下懷。馬丁的證詞，絕對是有力證據，足以把金斯送上法庭了。然而，華生警長竭力抑制住內心的興奮，顯出好像很無所謂的樣子。

「好吧，馬丁，你有什麼情報，不妨說說。」華生淡淡地說，「即使我們對金斯先生有興趣 —— 請注意我說的是『即使』—— 可是我們為什麼要相信你的話呢？聽說你是金斯最信任的手下之一。」

「警長，我願意向你坦白，但你必須答應保護我。」看著馬丁臉上急切而絕望的表情，華生知道他說這番話是真心的。

「我不能向你保證任何事，馬丁。可是如果你願意，可以先告訴我為什麼到這裡來，然後再告訴你我是否相信你。」

馬丁深深地吸一口氣：「事情是這樣的。三年來，我一直替金斯先生處理收保護費的事。城北那一帶收保護費的業務是由我主持的，我出面談價錢和收費，如果有不服的人就教訓他們。」

華生警長點點頭，他知道黑社會的這一套，知道金斯的幫派會向各區店主收取保護費，如果不交，那些可憐的店主就會馬上遭到金斯爪牙的報復。他們手段乾淨狠辣，並且不會留絲毫證據。因此，店主都很懼怕金斯，沒有人敢出面控告和作證。就是這個原因，讓警方一籌莫展，對金斯和馬丁之輩束手無策，一點辦法也沒有。

　　「簡單來說，」馬丁繼續說著，「過去兩年，我把保護費提高了一些，那些超出的部分我自己獨吞。金斯並不知道這件事，一直是他收他的，我留我的，所有的錢都經我一手處理。店主人和金斯都不知道。」

　　華生警長心中暗吃一驚，因為這個情況顯然警方一點也不清楚。

　　「我沒有那麼貪心，」馬丁補充道，「我只會留下多收的百分之十。並且我很聰明，我不會像其他人那樣胡亂揮霍，而是把錢存在外地的銀行。等我再做一兩年後，攢足了錢，就到南方買一個加油站，從此金盆洗手，過上老實人的生活。」

　　馬丁能老老實實做人？這想法令華生警長忍不住笑了出來：「如果你能做個老實人，那地獄之火也會有熄滅的一天了。」

　　這句話令馬丁有些惱羞成怒，但他壓住了火氣？此時此

地，他有求於警方，不得不忍住。於是馬丁繼續說：「可是天有不測風雲，有一天晚上，我在一間酒吧裡認識了一位小姐。她長得很美，藍眼睛、黑頭髮，身材苗條，比很多雜誌封面上的模特兒還要漂亮。我們一起聊天，她告訴我她叫艾琳，還說她是一個教師。我看她也確實不像其他進酒吧的女子——她很有修養，絕不是那種沒事混酒吧的女人。她說，她有個朋友剛和她的男友分手，心情很糟，所以約她出來到酒吧裡見面，準備好好談一談。」

說到這裡，馬丁停下來，點起一支菸：「警長先生，我從來不和女人鬼混，但是艾琳不一樣，我從來就沒指望過她會和我約會。我只是隨口問問，沒想到結果她居然答應了。我從來都沒想到過，我，馬丁，居然能和一位教師約會。」

華生警長笑笑說：「真是有趣的一對戀人。」「長話短說，」馬丁嘆了一口氣，「我們約會了一個月，交情越來越深，然後自然而然就產生了一個結果。我在心中對自己說：『馬丁，這個人就是你要找的終身伴侶，她漂亮，聰明，有文化，又能容忍你身上的毛病—— 她喜歡你。』」

「警長，看上去她是真的喜歡我，」明明應該高興的事，馬丁臉上卻有些傷感，「在我們交往的那幾個月中，我們從來沒有爭吵過，就連意見不同的時候都很少，她那麼溫柔可人……我們性格也很合得來。但是我有一件事不能告訴她，

只有這件事，我自己靠什麼謀生，不可以跟她講。你知道，她是一個教師，根本不可能理解我。她希望她的男友有一個體面的工作，所以我只好說自己是個業務員。她不相信我，為了這事，我們倆第一次差點吵起架來。」

華生警長在椅子上伸了下懶腰，打了個哈欠，揶揄道：「馬丁，你的愛情故事很動人，可是現在，能不能簡要說一說重點？我對你的愛情生活，可沒有那麼大的興趣。」

「你聽我說完。」馬丁打斷了他，「後來我決定向艾琳求婚，我有把握成功。我們可以馬上結婚，我甚至可以答應讓她在婚後繼續做她的工作。但以後，等我在南方買好了加油站，就要帶她過無憂無慮的生活了。所以我本想帶她去南方度蜜月，順便打聽一下有沒有要轉讓的加油站。這樣的話，金斯先生可能不願意讓我離開，但他一直都很器重我，只要我跟他說我結婚，他就會放行的。他根本不知道我抽留保護費的事。」

「昨天在全市最大的金店，我買了一個戒指給艾琳。你知道嗎，華生警長，我花了兩千多元。」馬丁停下來看著華生，發現華生並沒有什麼反應，便又獨自往下繼續說，「今晚，她到我的住處來，我們約好了一起吃飯，她的廚藝很棒，做得一手好菜。我買來一瓶香檳，晚餐吃得很盡興。然後吃完甜點，我便開口向她求婚了。」

「她沒有答應，卻也沒有馬上拒絕。她說她喜歡我，但有一個問題是，她覺得如果雙方不能做到彼此坦誠，那麼未來也不可能幸福。我說過她總是堅持認為相愛的人就要坦誠。她那雙藍色的大眼睛盯著我說，『馬丁，我怎能和一個連做什麼工作都不知道的人結婚呢？』」

說到這裡，馬丁用手摸了一下下巴：「警長，女人是禍水，如果不想惹麻煩，那就離女人遠一點，她們沒一個是好東西。」

馬丁突然停下來，華生不得不向下追問：「後來怎麼樣了？」

「後來發生的事，就是我來到這裡的原因。我就像個傻瓜一樣，把什麼都告訴了那個女人。我為金斯先生工作，做些什麼，全告訴了她，甚至還把自己暗中扣留百分之十保護費的事也說了。她的眼睛中有一種說服力，我就那麼老老實實地說出了一切，還告訴她我準備洗手不幹了，老老實實做人。」

馬丁彷彿仍沉浸在一種傷痛中：「我真傻，怎麼能相信一個女人會理解你呢？艾琳聽完我的話，就開始嚎啕大哭，說她不知道該怎麼辦，說她多麼失望，不知道要不要離開我。我當時手足無措，就像一個熱鍋上的螞蟻。她哭得很厲害，滿臉都是眼淚。然後她去拿皮包找衛生紙擦眼淚。結果，她掏出了一支手槍對著我。」

「華生警長，我當時就像被一盆冷水澆頭一樣，徹底驚呆了。她舉著槍就要開火，我對她說看在我真心求愛的份上，讓我死個明白。她說有人花錢僱她來偵察我，看我有沒有玩什麼把戲。她沒說是誰僱她的，但我知道一定是金斯先生。我居然會自投羅網、不打自招，真是個大傻瓜！我早就應該看穿她來路不明，沒有哪個教師會到那種酒吧去，也不可能輕易跟我約會 —— 我還真以為自己是魅力男性呢。」

「當時，我想我死定了。上帝保佑，電話鈴這時候忽然響了。就在她轉頭的一剎那，我乘機跳出窗口，她緊接著在後面開槍，可是我已經撲出窗外了。幸虧我住在一樓，但還是扭傷了腳。可在當時，我根本顧不上疼，就一直沒命地跑。然後我冷靜下來，意識到明天早晨就會有職業殺手來找我了。」

馬丁用手揉著他的腳踝，這些回憶重新勾起了他的疼痛。

「華生警長，」馬丁說，「我為金斯先生賣命了那麼久，我知道他的手段。可是我從來沒有想過，他居然會派女人來刺探我。如果我回去的話，就再也沒有活路了。」

「是的，馬丁，這樣說來，事情真的很棘手，」華生說，「我認為你不會編這麼一個故事來欺騙我們，這對你沒有任何好處。所以我相信你說的是實話。看來，不管為誰，你只有跟我們合作了。」

華生警長站起來，又伸了伸懶腰，走到門邊，招呼一位警員：「湯姆，把他以擾亂治安的名義扣押起來，然後找一位速記員記錄下他的口供。別忘了準備一個新的記錄簿，馬丁先生會有許多情況要告訴我們。」

然後，馬丁便一拐一拐地被帶離辦公室。

回到椅子上，華生忍不住開心笑了起來 —— 事情居然會這樣，得來全不費工夫，輕易地就可以抓到黑幫頭子金斯了。真是好運氣！

他準備去旁聽馬丁的供詞。但他決定先打個電話。電話那邊，一個熟悉的聲音傳來。

「艾琳，」華生說，「計畫成功了，妳太厲害了！馬丁已經準備供出他知道的所有事，我們終於可以把金斯繩之以法了。上帝啊，看不出來妳真能讓馬丁相信妳是個女殺手。妳的演技應該得奧斯卡獎。」

「感謝上帝，總算解脫了。」女警員艾琳說，「我不知道自己還能忍受那個下流傢伙多久。如果今晚他發現我的手槍是空的，那麼逃亡的就要換成是我了。」在結束通話電話前，她又說，「親愛的，你應該看看這枚戒指，雖然這傢伙頭腦簡單，但選東西倒挺有眼光的。等我們結婚時，你一定要送我一枚比這更好的戒指。」

「當然，親愛的。」

電子書購買

爽讀 APP

國家圖書館出版品預行編目資料

驚弓之鳥 —— 每頁都是一場驚心動魄的旅程，一個無法忘懷的噩夢 / [美] 亞佛烈德‧希區考克（Alfred Hitchcock）著，宋孚紅譯 . -- 第一版 . -- 臺北市：崧燁文化事業有限公司 , 2024.06
面；　公分
POD 版
譯自：A bird startled by the mere twang of a bowstring
ISBN 978-626-394-327-8(平裝)
874.57　　113006731

驚弓之鳥 —— 每頁都是一場驚心動魄的旅程，一個無法忘懷的噩夢

臉書

作　　　者：[美] 亞佛烈德‧希區考克（Alfred Hitchcock）

翻　　　譯：宋孚紅

發 行 人：黃振庭

出 版 者：崧燁文化事業有限公司

發 行 者：崧燁文化事業有限公司

E - m a i l：sonbookservice@gmail.com

粉 絲 頁：https://www.facebook.com/sonbookss/

網　　　址：https://sonbook.net/

地　　　址：台北市中正區重慶南路一段 61 號 8 樓
8F., No.61, Sec. 1, Chongqing S. Rd., Zhongzheng Dist., Taipei City 100, Taiwan

電　　　話：(02) 2370-3310　　傳　　　真：(02) 2388-1990

印　　　刷：京峯數位服務有限公司

律師顧問：廣華律師事務所 張珮琦律師

-版權聲明 —————————————————————————

定　　　價：299 元

發行日期：2024 年 06 月第一版

◎本書以 POD 印製

Design Assets from Freepik.com